Kaho Matsuyuki presents

# 狐の婿取り

—神様、予想外の巻—

CROSS NOVELS

松幸かほ

NOVEL:Kaho Matsuyuki

みずかねりょう

ILLUST:Ryou Mizukane

CROSS NOVELS

## 香坂涼聖

こうさかりょうせい

診療所の医師。琥珀の恋人で陽の父親的存在。気づけば多くの神様と知り合いになっているが、本人は至って普通の人間。

## 陽

はる

妖力を持っているチビ狐。琥珀に預けられてスクスク元気に成長中。集落のアイドルで、食べることが大好きなお菓子星人♡

## 琥珀

こはく

かつて八本の尻尾を持っていた狐の神様。涼聖の愛の力により、最近四本目の尻尾が生えてきた。ちょっと天然。

# 伽羅

きゃら

かつては間狐だったが、現在は主夫的立場に。涼聖の後釜を狙う、琥珀大好きっ狐《こ》。デキる七尾の神様。

# 白瑩（シロ）

しろみがき

香坂家にずっと暮らしている座敷童子のなりかけ。涼聖と千歳の遠いご先祖様。柘榴と何やら縁がある…？

# 柘榴

ザクロ

「千代春君《ちよはるぎみ》」を探しているらしい赤い目を持つ男。シロに接触を試みるが、その真意は…？

# 月草

つきくさ

大きな神社の祭神。美しく教養もあるが、陽に一目惚れをしており、萌え心が抑えられない様子。

# CONTENTS

CROSS NOVELS



CONTENTS

# 狐の婿取り

神様、予想外の巻

Presented by
Kaho Matsuyuki
with
Ryou Mizukane

Presented by
松幸かほ
Illust
みずかねりょう

CROSS NOVELS

# 1

外から本宮へ入る時には、専用の場へと降りることになる。

琥珀《こはく》が療養のために訪れた前回だけは特別で、滞在する客間の中にゲートを設けてくれていた。

それだけ、琥珀の容体が深刻だったからだ。

だが、今回はいつも通りに専用の場へ降り立ち、伽羅《きやら》と二人で本殿へと繋がる橋に向かう。

篝火《かがりび》の焚かれた橋の前には警備の稲荷《いなり》が立っており、入るものを厳しく見定めている。

しかし、伽羅と琥珀の姿を認めると、彼はすっと脇へ避けた。

「伽羅殿、琥珀殿、どうぞ」

「どうも、お疲れ様でーす」

気軽に言いながら会釈をして先を行く伽羅に続き、琥珀も彼に軽く頭を下げてから橋を渡った。

今夜、二人が来ることが伝えられているからこそ、簡単に通してもらえたが、急な来訪であれば、許可が出るまで橋の手前で待たされるか、帰されるのが普通だ。

橋を渡り、門を入るとそこは本殿である。

入口まで篝火が等間隔で並べられ、足元と行く手を明るく照らしている。

本殿の入口に入ると、迎え入れのための稲荷がまた待っていた。

「伽羅殿、お帰りなさいませ。そして琥珀殿、ようこそお越しくださいました」

頭を下げて言う。

「白狐《びゃっこ》様はお部屋ですか」

伽羅が問うのに、彼は頷いた。それを見やってから、伽羅は琥珀を見る。

「じゃあ俺、白狐様のところへ行ってくるんで、琥珀殿は秋の波《あきのは》ちゃんのところへ行ってあげてください」

その言葉に琥珀は頷いた。

本来は、ともに白狐のもとへ挨拶に向かうのだが、今日は白狐も何かと慌ただしくしているため、儀礼的なことは省く予定になっていた。

伽羅も挨拶のために白狐のもとへ行くわけではない。

出陣前の最終会議はこの後行われるが、その前に変更された点などがないかを確認するために向かったのだ。

伽羅と別れた琥珀は、まっすぐに秋の波のいる部屋――つまるところ、影燈《かげとも》の部屋だが――に足を運んだ。

「秋の波殿、おいでですか？　琥珀です」

廊下から声をかけると、すぐに小さな足音が駆け寄ってくる。そして襖戸が開けられた。

「こはく、いらっしゃい！」

そう言った秋の波は、どこか安堵《あんど》したような表情で笑っていた。

「こんばんは、秋の波殿」

微笑み、軽く膝を折って目の高さをできる限り揃えて返す琥珀に、

「はいって、はいって！」

琥珀の手を摑んで、部屋の中へと促す。

ちまちまと動いて琥珀の座布団を準備し、その前に自分も腰を下ろすと、

「もうすこし、くるのおそくなるとおもってた」

少し意外そうな顔で聞いた。

「時刻ギリギリにバタバタと訪《おとな》うより、少し早めに伺って、待つほうがよいかと思いましたので」

本当は、秋の波が不安定になっているため早く来てくれと言われたわけだが、そんなことを伝えるわけにもいかないし、言うつもりもないので、無難な言葉を返した。

「そうなんだ。でも、それだとはるちゃん、さみしがらなかったか？　だいたい、こはくか、きやらどのが、ねるまえのえほんをよむんだろ？」

陽《はる》のことを案じて秋の波が問う。

「涼聖《りょうせい》殿がおいでですから、大丈夫ですよ。涼聖殿が忙しければ、龍神《りゅうじん》殿もいらっしゃいますから」

「りゅうじんどの、きんぎょばちでねちゃってるんじゃないの？」

もっともな疑問を秋の波が口にするのに、琥珀は笑う。

秋の波が遊びに来ている時でも、大体、龍神は金魚鉢で寝ている。起きてくるのは、秋の波のために伽羅が張り切っていつもより豪華な食事を作るので、それを食べる時だけだ。そして食べ終えれば、サッサと金魚鉢である。

「涼聖殿が声をかければ、お目覚めになりますよ」

「それもそっかー」

納得した様子で笑った秋の波だったが、

「でも、こはくにまで、きてもらうことになって、なんか、ごめん」

そう謝ってきた。

「なぜ、秋の波殿が謝られるのですか?」

秋の波が「不安定」になるのは理解ができる。

今回の作戦には秋の波の母親である玉響《たまゆら》、そして恋人である影燈も参加するのだ。大切に思う人が危険な場所に行くと知って、落ち着いてなどいられないだろう。

しかし、謝る理由が分からなかった。

「だって、もとはといえば、おれが『やこ』になっちゃったからじゃん。ぜんぶのほったんがおれなのに、ちゃんとしたこと、おもいだすこともできないうえに、まってるしかないのが、もうしわけないっていうか、ふがいないっていうか……」

秋の波はそう言って俯《うつむ》いてしまう。

陽よりも幼い姿となり、その姿に心が引きずられているとはいえ、物事の理解力や知識などは五尾の稲荷であった頃とほぼ変わらないのだ。

そのアンバランスさゆえに、余計に揺れるのだろうということは、想像に難くない。

「『野狐《やこ》』となったものは、これまですべてが消滅したとお聞きしています。その中で秋の波殿は唯一こうしてご自身を取り戻された稀有《けう》な存在です。秋の波殿がご無事であればこそ、何者かが反魂《はんごん》を企んでいることにも気づくことができたのですよ？」

もし、秋の波があの時に消滅してしまっていたら、野狐化する稲荷が増えている理由に行き当たるのはもっと遅くなっていただろうし、稲荷にかかわらず祠《ほこら》から姿を消した神々の行方に注意を向けることもなかったはずだ。

気づいた時には、もう反魂の術が成されたあとだったかもしれなかった。

反魂は死者を生き返らせることだ。

世の理《ことわり》をひっくり返すような術が作動した場合、人界にどれほどの影響が出るのか、考えただけでも恐ろしい。

しかし、秋の波は黙したままだ。

その秋の波の膝の上に揃えられた手を、琥珀はそっと摑んで聞いた。

「秋の波殿は、もし陽が、私がこうして本宮へ手伝いに行くのに、自分には手助けが何もできない、と悩んでいたら、どのように声をかけますか？」

「はるちゃんは、こどもだから、てだすけもなにもないじゃん……」

秋の波は琥珀を見て即答する。それに琥珀は頷いた。

「秋の波殿とて、同じですよ。野狐となられた状況から、ご自身の力だけでこの魄《はく》を作り出され、記憶さえ持ち合わせておいでなのは、奇跡以外の何物でもないのです」

秋の波が消滅せずにすみ、赤子に戻った時、琥珀は嬉しかった。

秋の波は、初めて琥珀が本宮へ招かれた時、最初に声をかけてくれた稲荷だった。

琥珀は本宮出身の稲荷ではない。

琥珀自身、自分の出自が分からないのだ。

陽のように、普通の狐の両親から生まれたという記憶もなく、ただ、気がつけば山の中に一人、いた。

そして、琥珀に神としての知識を与え、そうなるべく育ててくれたのは、かつての琥珀の祠の敷地内にあった御神木だった。

琥珀にすべてを受け継がせたと判断したのか、ある日、御神木は折れた。

その時以来、琥珀は、御神木に代わりかつて山にあった集落と民を守り支えてきた。

やがて、琥珀の名前が本宮でも話に上るようになり、客として招かれたのだ。

白狐が直々に招いた外の客ということで、本宮では丁重にもてなされた。

だが、やはり「よそ者」であることに変わりはなく、興味津々といった様子で琥珀を見つめてくる視線を多く感じたが、声をかけてくる者はおらず、琥珀は決して侮られてはならぬと気を張っていた。

その中、初めて普通に声をかけてくれたのは秋の波だったのだ。

『なぁなぁ、白狐様に招かれた八尾さんって、年いくつ？』

廊下を部屋へと戻る途中、笑顔で声をかけてきて、まるでずっと前から知り合いだったように接してくれた。

それがどれだけ、ありがたかったか分からない。

「秋の波殿がこうしておいでであることに、何か意味があるのです。それが何かは分かりませんが、記憶があろうとも、幼き体で焦っては、成すべきことも成せません。今後与えられる『お役目』のために、どうか今は私たちを信じて待っていてください」

野狐となってしまっても、消滅することなく赤子として生き残ってくれた。

そのことだけでも奇跡と言っていいことだった。

誰もが新たな魄で、まっさらな状態で一からやり直していくのだと思っていたのに、記憶まで有していたのだ。

それは、奇跡などという言葉だけではすませられないことだった。

秋の波が、「秋の波」として存在しなければならない理由が、きっとあるはずだ。

確証など何一つとしてないが、琥珀はそう信じている。

秋の波は琥珀の言葉を「慰め」と思っているのだろうというのは表情から分かった。それでも、少ししてから頷き、

「こはく、ぎゅってして」

そう言うと立ち上がって、琥珀の前に近づいた。

その秋の波を琥珀は両手を開いて受け入れる。

秋の波は琥珀に向き合う形で膝の上に座るとそのまま抱き付いてきて、琥珀は包み込むように、秋の波を抱きしめた。

今の秋の波の存在自体が前例のないイレギュラーなものだ。

この先、自分がどうなるのかすら分からない不安と、「本当に野狐ではなくなったのか」という疑念、そしておそらくこの件については誰よりも関係が深いのに、何もできないもどかしさ、そういったものを抱え込んでいる。

それは普通に大人の姿であっても、深く苦悩するようなことだろう。

記憶や理解力は五尾であった頃と同等といっても、この幼い体でと思うと、痛ましくも思えた。かける言葉もなく秋の波の背を、軽くぽんぽんと叩きながら、抱きしめていると、

「入るぞー」

廊下から声がして、答えるより先に襖戸が開いた。

入ってきたのはこの部屋の本来の主である影燈と、そして伽羅だった。

「お邪魔しまーす」

明るい声で影燈に続いた伽羅は、琥珀の膝の上で抱っこをされている秋の波の姿を見つけると、

「あー、秋の波ちゃんいいですねー。俺も琥珀殿にギューしてほしいです」

半分冗談、半分本気の様子でうらやましがる。

「……出がけに龍神殿に抱きしめてもらっていたではないか。どれほどの僥倖《ぎょうこう》か」

琥珀が少しの呆れを忍ばせつつ言うと、

「正直、締めあげられて死ぬかと思いましたけどね？」

即座に伽羅は返してきた。

それに秋の波は笑った。

「りゅうじんどののぎゅーって、そんななんだ」

「正しい意味で昇天するかと思いました」

伽羅はそう言って胸の前で両手の指を組む。

正直、稲荷がやっていいポーズなのかと多少疑問はあるが、私室だからいいだろう、と琥珀は流すことにした。

何しろ、本宮の長の白狐さえ、クリスマスに浮かれた格好で香坂家《こうさか》にやって来たことがあるくらいだ。

そのまま、伽羅が話を回し、香坂家のどうということのない日常のちょっとした出来事が披露

されていく。

それに秋の波の表情はどんどん柔らかくなり、琥珀はホッとした。

「おれもまた、はるちゃんにあいにいきたいなぁ……」

秋の波が呟くように言うと、

「いつでも来てくださいよー。歓迎しますよー……って、俺が家主じゃないんですけどね。でも涼聖殿も、秋の波ちゃんならいつでもウェルカムですよ、きっと」

伽羅が言い、琥珀も頷く。

「じゃあさ、じゃあさ、いったら、ぴざやいてくれる?」

「焼きますとも！　みんなでピザパーティーしましょう！」

「ぱーてぃー！　やったー！」

楽しい未来を思い描いた秋の波が喜んで両手を上げる。

それから、秋の波と伽羅はパーティーの計画をしばらく夢想していたが、

「さて、盛り上がってるところ悪いが、そろそろ最終の打ち合わせだ」

影燈が声をかけた。その言葉に秋の波の顔が現実を思い出したように少し曇るが、

「えー、まだ計画途中なんですけどー」

伽羅がシリアスになりそうな空気を壊すように、わざと駄々をこねるように言ってから、

「仕方がない……楽しみはあとに取っておくってことで、秋の波ちゃん、詳しい計画は今度また

ちゃんと詰めましょうかー」

秋の波を見た。それに秋の波は頷き返すと、琥珀の膝の上からどいた。

琥珀は秋の波に微笑みかけてから立ち上がる。それに続いて、伽羅と影燈も腰を上げた。

「みんな、きをつけて」

やや殊勝な顔をして言う秋の波に、

「いや、今はただの打ち合わせだからな？　出かけんのはもっとあとだ。終わったら戻ってくるから、絵本選んどけ。寝ててもいいけど」

影燈が軽い口調で返した。

「じゃあ、ひゃくさつくらい、えらんどく」

「百物語でもやるつもりかよ」

笑いながら言いあう二人の様子に、琥珀と伽羅は目配せしあって、あまり心配なさそうだと確信する。

そして三人は部屋をあとにし、作戦の最終打ち合わせが行われる議場へと向かった。

自然と言葉が少なくなる琥珀に、

「そんな緊張しなくて大丈夫ですよー。本当に軽い確認程度の打ち合わせだと思いますからー」

伽羅が明るい声で言い、影燈も頷く。

これまで、作戦に関しての会議は何度も行われてきているが、琥珀が参加したことはない。ただし、伽羅は要請があった時に限ってだが、参加している。

そして、詳細を琥珀に伝えてくれていたので、今回の作戦内容は一通り頭に入っている。

「今さら、じたばたしても仕方ないな」

琥珀は自嘲するように笑った。

議場には楕円に机が据えられ、各拠点の代表者が数名ずつ参加して行われた。

今回、参加する部隊は三つだ。

第一拠点には黒曜《こくよう》を、第二拠点には玉響をそれぞれ隊長とした部隊が向かい、第三拠点には伽羅が隊長、そして琥珀がサポートにつき、それから月草《つきくさ》が寄越してくれた兵士たちの混成部隊が向かうことになっている。

第一拠点が一番敵の本陣に近いと思われており、第二、第三に向かうにつれて本陣からは遠いと目されている。

中でも第三拠点は本当に後方であり、先の二部隊に何かあった際に、怪我人が転送されてくるなど、後方支援にあたることになっていた。

「……少し遅れておじゃるな」

椅子の上にちょこんと座した白狐が、空いた席を見つめて言う。一人分の席がまだ埋まっていなかった。そこは別宮の長であり、秋の波の母親である玉響の席だ。

「あれも何かと忙しいからな。……あと五分待って、来なければ先に始めよう」

黒曜が言う。その黒曜の隣には肩あたりまでの金髪に上半分の黒い狐面の稲荷と、さらにその隣には肩の下まである黒髪を無造作に後ろでまとめた、下半分の白い狐面をつけたそれぞれ八尾の稲荷が座していた。

「琥珀殿、黒曜殿の隣、金髪の方が暁闇《あけやみ》殿で黒髪の方が宵星《よいぼし》殿ですよ」

伽羅がこっそり琥珀に耳打ちしてくる。

それに、琥珀は、ああ、と胸のうちで頷いた。

黒曜のもとに集う稲荷は、稲荷の中では荒事に特化した猛者《もさ》だ。その中に影燈もいるのだが、そんな猛者の中でも一目置かれているのが暁闇、宵星の双子だ。

二人の名を知ったのは、秋の波が野狐になった事件のあと、その件で琥珀もいろいろと報告書を見たからだ。

黒曜や彼のもとにいる稲荷たちが手掛ける仕事に関して知る機会はあまりない。いわゆる「裏の仕事」に属することが多く、白狐や玉響など一部の稲荷が知っていれば事足りるからだ。

本来であれば、本宮筋ではない琥珀が報告書を見ることはなかったが、秋の波の件に深くかかわった琥珀は「知っておいたほうがいい」側の者になったのだ。

――危険な仕事を多くこなしている印象ゆえ、隆々とした体軀を想像していたが……。

報告書の印象から、荒事をたやすくこなす荒武者のような姿を思い描いていた琥珀だったが、暁闇と宵星はスラリとした体軀をしていた。

意外といえば意外だったのだが、黒曜も上背はかなりあるがゴツイという印象はまったくない。

――潜入するのに、あまりに立派な体躯では目立つこともあろうからな。

そんなふうに勝手に納得していると、

「遅れてすみませぬ」

急いで来たらしく、少し息を乱した様子で玉響が入ってきた。

「おお、玉響殿、来たか」

白狐が尻尾をユラユラと揺らして「おかえり」とでもいう様子で迎える。

「申し訳ありませぬ、出がけに少し手間取ってしまい」

「気にするな。おまえが一番忙しいのは、誰もが知っている」

黒曜が静かな声で言う。

激務で知られた別宮――社畜《しゃちく》の宮、などというありがたくない二つ名で知られている――の長ともなれば、忙しさは並ではない。

そのうえ、今回の件の核ともいうべき秋の波の母親だ。

彼女の心労は想像に余りある。

加えて今回の作戦でも第一拠点に次いで危険度の高い場所を率いるのだ。

「では、揃ったゆえ始めるとするか」

玉響が座し、落ち着いたのを見計らってから白狐が言い、おそらくは作戦の中核となる第一拠点より打ち合わせが始まった。

「これまで、出入りするものの数など、すべてにおいて変わりはない。内部がどうなっているかは分からないが、他の気脈と同じであるなら、いくつもに枝分かれをして、他の場所と繋がっているだろう。そのため、まず先行部隊を単独で進ませる」

黒曜の言葉に、隣に座した暁闇が頷き、そのままあとを引き受ける形で口を開く。

「先行部隊は俺を含め四人。敵と出くわした場合は気取られぬよう速やかに制圧する。本陣に続くと思しき場所が確定後、後続の到着を待つ」

暁闇の言葉に続いたのは、その隣の宵星だ。

「後続はまず俺の隊、十六名。侵入ルート確定後、全部隊投入。本陣であると分かれば即座に第二拠点に連絡、増援部隊依頼」

作戦に対して説明が簡易なのは、結局のところ、現場で即時対応するしかない部分が多いからだ。事前にもらった資料にも、詳しいことは載せられてはいない。

いや、情報の漏洩《ろうえい》を回避するために載せなかったとも言える。

「一番、敵の層が厚いと想定しておじゃるゆえ……経験豊富なそなたたちとはいえ、心してほしい」

白狐はそう言ってから視線を玉響へと向けた。

「では、続いて第二拠点ですが……第一拠点と同じく先行部隊を三名潜入させまする。うち一人は影燈殿……」

影燈は黒曜配下の稲荷だが、今回、黒曜配下から数名が第二拠点で玉響の指示のもと動くことになっていた。

別宮の稲荷たちは精鋭ではあるが、黒曜配下の者たちとはまた意味合いが違い、武官ではなく文官がほとんどだ。

そのため今回の作戦には不向きで、現場には赴かず、白狐とともに本宮及び人界の重大拠点となる稲荷社の守護任務につくことになっている。

その中でなぜ玉響が現場に行くかといえば、彼女は武官としても秀でているからだ。

とはいえ、今回は第二拠点において作戦指揮を執り、実際の潜入を行うことはないのだが。

「第三拠点ですが、かねての報告通り術式によるバックアップ任務となります」

第三拠点の隊長である伽羅が説明を始める。

混成部隊のため、統率の取れた動きは難しい。そのため、混乱を来《きた》すだろう現場に向かうのではなく、第一、第二拠点の動きを見ながら各拠点を術式で守ったり、あとは緊急転移されてくる怪我人の治癒を行ったり、というのが主な任務だ。

各拠点を守る術式は、それぞれの拠点でも独自に結界を張って守るが、重ねてかけておいて損はない。

今回の任務のために琥珀は新たな結界の補助術式を作り、第一、第二拠点にも展開できるようにしている。

まだ完成とは言い難く、他の者が展開するのは難しいが、琥珀が近くから操作すれば問題はない。それが琥珀の参加理由の一つでもあるが、それがなくとも依頼が来た時点で断るつもりはなかった。

自然発生的に生まれてきた琥珀にとって、稲荷の師匠筋というものは存在しない。そんな琥珀に手を差し伸べ、何かと目をかけてくれたのは白狐だ。

恩義を感じているというのはもちろんあるが、それ以上に白狐に対して特別な感情がある。琥珀は自分の「親」について何も知らないが、そういった者に向けるのと似ているのかもしれないと感じる。

そのせいか、自分で役に立てるなら、と思うのだ。

伽羅が簡単な確認程度だと言っていたとおり、最終的な確認で打ち合わせは終わった。

「黒曜殿、玉響殿は残っておじゃれ。意識共有を行うでおじゃる」

バラバラと解散していく中、白狐が黒曜と玉響に声をかけた。

「意識共有」とは、その言葉通り聞いたこと、考えたことがすべてリアルタイムで共有されるものだ。

似たものの中に「心話」があるが、これは今すぐに伝えなければと思った時にのみ使う。伝えようと意識しなければ届くことがない点が違う。

意識共有は尾の数が多ければできるようになるというわけではなく、かなりの鍛錬を経て身につけるもので、どうやってもできないものにはできない技である。

何しろ、他人の見たもの、考えたことが頭に流れ込んでくるのだ。緊迫した場面においては混乱の原因となる。

しかしタイムラグが発生しないため分析力にさえ問題がなければ、こういった任務の時には絶大な威力を発揮する。

黒曜と玉響が白狐のもとに行くのを見ながら、琥珀は伽羅や影燈とともに議場をあとにし、出立まで休むことにした。

出立は真夜中だ。

敵が人界の夜中、いわゆる丑三つ時に盛んに行動をしていることが、これまでの偵察から分かっていたが、その時間に行動しやすいことから、魔物の類だろうと分析されている。彼らの行動を観察し、異変がなければ侵入開始の予定だ。

影燈は予定通りに秋の波を寝かしつけに部屋に戻り、琥珀は伽羅とともに準備してもらった客間に向かった。

客間には作戦時に着用する服と防具、そして退魔用の刀が準備されていた。琥珀のものは以前、野狐化した秋の波のもとに赴くときに使用したのと同じ太刀だった。

「琥珀殿、着替えるのはもう少しあとでいいですよねー？」

伽羅がお茶の準備をしながら問う。

「ああ、そうだな」

琥珀は言いながら、刀掛けから太刀を手に取った。

「……使わずにすめばよいが」

「ですよねー。後方支援とはいえ、現場には違いないですから、まったく危険がゼロってわけじゃないですし」

伽羅はそう言ったあとすぐに、

「でも、琥珀殿は俺が命に替えても守りますから！」

キリッとした顔で続ける。

「ありがたい。だが、ほどほどに守ってくれればかまわぬ」

「えー、なんでですかー？　琥珀殿に傷一つでもついたら、俺生きてくのつらいです！」

駄々っ子のように言う伽羅に、琥珀が返す。

「私を守るために、そなたが命を落としでもしたら、私は生涯自身の不甲斐なさを悔やまねばならぬ」

琥珀の言葉に伽羅は感動しきった、というような眼差しを向け、

「この、突然のデレにどう対処していいのか……っ」

そう言うと片方の手で胸を押さえる。

「大袈裟だ」

「大袈裟じゃないですよー、琥珀殿のデレって本当に貴重なんですから！　今のデレだけで少なくとも五十年、寿命が延びましたから！」

笑顔で言いながら、淹れたお茶を琥珀の前へと置く。

それを飲みながら、琥珀は違い棚にある時計に目をやった。

十一時前。

すでに陽は寝ているだろう。琥珀と伽羅、二人が同時に不在になることは、あまりない。心配させるような気配は見せずにいたつもりだが、いつも通りに眠れただろうか？

そして、涼聖はどうしているだろうかと思う。

出がけに抱きしめられた時、涼聖から伝わってきたのは『心配』と『不安』だった。

いや、だからこそ、あんなふうに抱きしめてきたのだろうと思う。

陽がいる前で、涼聖は決して二人の関係を悟らせるようなことはしてこなかった。

いつかは伝えなければならないことだとしても、それは「今」ではないというのが二人の認識だったからだ。

けれど、その衝動を抑えきれないほどの感情があったのだろうと思う。

――無理もない…。

療養を終えて本宮から戻ったのは、ついこの間と言っていいのだ。

もう体調は万全ではあるのだが、続けざまに心配をかけることになっている自覚はある。

「琥珀殿、どうしたんですかー？　陽ちゃんのこと、心配してます？」

湯呑を持ったまま、固まっている琥珀に伽羅が声をかけた。

「……もう眠ったかとは思ったが、陽に関してはさほど心配はしておらぬ」

「そうなんですか？　まあ、陽ちゃん、どんどん大人になってますしねー」

自分が倒れてしまったことや、園部《そのべ》を見送ったことなど、陽が精神的に成長を促される出来事は多くあった。

もちろん、琥珀が戻ってきてからは一時的にずいぶんと甘えてきたこともあるが、やはりしっかりしてきたと思う部分は増えている。

「陽は幼いとはいえ、稲荷となる者だ。それに、何かあれば祥慶《しょうけい》の血筋の者たちも守りに出てくるだろうし、月草殿の神域に逃げることもできる」

「月草殿なら、何もなくても陽ちゃんはウェルカムですしね」

溺愛を隠そうともしない月草だし、月草の力であれば陽一人くらい、保護するのは簡単なことだろう。

「だが、涼聖殿はそういうわけにもいかぬ。『人』を神域に保護するには手順が必要だ」

以前、秋の波を助けに行く際、涼聖をこちらに招いたことがあるが、その時とて事前に色々と準備をしなくてはならなかった。

そうしなければ、こちらに呼んだが最後、人の世界には戻れなくなる。

「心配しなくても大丈夫ですよー、龍神殿がちゃんと守ってくれてますし、何より龍神殿は涼聖殿を気に入ってますからねー」

伽羅は笑って言う。

涼聖の龍神の扱いは正直、雑だ。

呼び捨てだし、おそらく『視《み》える者』からすれば、不敬と卒倒されるレベルだろう。

しかし、龍神は涼聖を好ましく思っている。

それは涼聖に『嘘《うそ》』がないからだ。

今の龍神であっても、望めば人の願いをかなえることくらいはたやすい。

だが、龍神を利用しようなどという気配は一切なく――これは琥珀や伽羅に対してもだが――、むしろ龍神が療養中であることを十分に理解しているので、好きに過ごさせている、といったほうが近いだろう。

「そういえば琥珀殿、ちょっと聞きたいことあるんですけど」

思い出したように伽羅が聞いた。

「どのようなことだ？」

「琥珀殿は、涼聖殿を眷属にしようとは思わないんですか？」

その言葉に、琥珀は押し黙った。複雑な気配を感じ取り、

「そりゃ、涼聖殿が人の寿命で終わってくれたほうが、後釜を狙ってる俺としてはありがたい限りですけどー」

いつも通りに茶化すように続けてから、

「まあ、今、琥珀殿が涼聖殿を眷属にするつもりだ、なんて言ったら、俺、ハートブレイクすぎて任務に支障出そうなんで、気になるけどこれ以上聞きたくないっていうのも本音ではあるんですけどー」

と、話を終わらせる。

伽羅は、幼い頃から琥珀のことを慕ってくれていた。

それがいわゆる「つがい」という意味を含めてのことだと知ったのはここ数年ではあるが、涼聖の存在があるため、涼聖が寿命を終えたら後釜に、といつも冗談半分で言っている。

そのため、涼聖を眷属にしないほうが伽羅にとっては都合がいいというのはある意味では本音だろうが、伽羅とて涼聖を龍神と同じく好ましく思っているのだ。

複雑な気持ちになることもあるかもしれないが、それでもあの家で過ごす時に、必要以上の妬心を見せることも今はないし、むしろ伽羅がいなくてはあの家が回らないというくらいに、伽羅も香坂家の一員になっている。

琥珀は湯呑をそっと置くと、膝で伽羅のほうへとにじり寄り、そっと伽羅の頭に手を伸ばして撫《な》でた。

「え…えっ！」

突然頭を撫でられて伽羅は目を見開き、それから、

「うそ、ちょっと、突然の最推しのファンサ、ヤバい」

呻くように言い、ここまでずっと隠していたままだった耳と尻尾を一気にバフンと出現させた。

それに琥珀が手を引こうとすると、その手をがっしと掴み、

「あ、あと三往復！　いえ、五往復くらいお願いします！　涼聖殿のいない間に！」

せがんでくる。

琥珀はその様子に笑いながら、思う存分撫でてやりつつ、

――眷属、か……。

胸のうちで呟いた。

## 2

琥珀と伽羅が本宮へと出立したあと、涼聖は先に夕食をすませてから、陽とシロを連れて入浴した。

今日は寝かしつけまで涼聖の担当である。

龍神もいるので声をかければ手伝ってくれるだろう。

陽とシロも龍神には懐いているというか、よく二人とも龍神が出てきているときには一緒に大好きなアニメの『魔法少年モンスーン』を見ていたり、勉強を教えてもらったりしているのだが、いつも寝かしつけまで涼聖がやることはないため滅多にない機会を譲るつもりはなかった。

風呂のあと、一緒に陽の部屋に行き、陽とシロが選んだ絵本を読み聞かせる。

琥珀と伽羅がいないという、いつもと違う状況なので、もしかしたら眠りにつくのが遅いかもしれないと思っていたが、二冊目の途中でまず陽が寝落ちした。

シロも二冊目を読み終えてから様子を探ると、自分の部屋であるカラーボックスの中のベッドですやすや夢に旅立っているのが分かったので、起こさないようにそっと布団を抜け出し、部屋を出た。

居間では龍神が、伽羅が龍神のために作り置いていったらしいつまみを前に晩酌中だった。

「龍神、今夜は風呂場で待機か？」

涼聖はこのあとの、龍神の予定を聞いた。

以前、龍神が留守居役の時は、昼間、ずっと風呂場で水風呂に浸かり、力を溜めていた。

そのため、今日もそうなのだろうかと思い、それならさっさと風呂を洗って新たな水を張り直してやるつもりだったが、

「いや、ここ数日、昼間に風呂で力を溜めていたから必要ない」

と返してきた。

どうやら事前準備は抜かりないようである。

「そうか」

涼聖はそう言いながら、自分の定位置に腰を下ろした。

そして、旨そうに酒を飲む龍神を見ながら聞いた。

「……琥珀は大丈夫だと思うか」

「あれに何かあれば、伽羅が身を挺して守るであろう。伽羅は己を『デキる七尾』などと称しているが、もうとうに八尾になっていてもおかしくない者だからな。それに、琥珀に心酔しておる。何があっても琥珀のことは守りとおすであろう」

こともなげに龍神は言ったが、涼聖は一つ息を吐いた。

「いや、それはそれで寝覚め悪いっつーか……。琥珀が怪我すんのは嫌だけどさ、琥珀を庇《かば》って

伽羅がズタボロになんのも気まずいっつーか」

そう言う涼聖に、龍神は微笑ましげに笑うと、

「……あれが、何ゆえに八尾になろうとしないのか、知っているか?」

と、聞き返してきた。

それに涼聖は少し記憶をさかのぼらせる。

「確か、なんかもったいないのと、面倒だとか言ってた気がするけどな」

八尾となると入ってくる情報量が増えて、それが煩《わずら》わしいということと、八尾になったとしても今の仕事量的には力を余らせてしまう。七尾の今も余った力は昇華とかいう作業をしているのだと言っていたのを覚えている。

だが、涼聖の返事に龍神は、

「それもあるだろうが、かつての琥珀と並ぶのが嫌なのであろう。……琥珀は八尾であった者、その琥珀が八尾に戻る時にともに、とでも思っているのだ。なんともいじらしい者ではないか?」

さも愛らしい、といった様子で笑う。

「あいつも、そうとう拗《こじ》らせてっからなぁ」

涼聖も笑う。

伽羅は幼い時に、本宮に客として招かれた琥珀と出会い、それからずっと慕っているのだ。

琥珀から聞くには、かなり優秀な稲荷で、意訳をすると「琥珀の手伝いのためだけにここにい

るにはもったいない」といった感じを受ける。

　もっとも、本宮の白狐は、伽羅が望んでしていることだし、伽羅は稲荷としての経験が本宮の中でしかないので、人と触れ合わせるために「外」を知る必要があったらしい。だから、ここに来る前は本宮系列の別の神社に派遣されていたのだ。

　その時に、山の上にあった琥珀の祠を移動させることができないかと涼聖が問い合わせた神社が、伽羅が派遣されていた神社で、その後、琥珀の祠を香坂家の敷地内に引っ越したあと、琥珀がもともといた祠に伽羅が入るということになったのである。

　思わぬご近所さんとなり、気づけば香坂家の主夫、そして陽とはまた別の意味で集落のアイドルになっているのだ。

「伽羅も拗らせているが、琥珀とおまえもそうとう拗らせているだろう」

　龍神は手酌で酒を注ぎながらおかしそうに言うが、涼聖は首を傾げた。

「いや？　俺たちは別に拗らせてねえだろ。陽への説明をどうするかには、頭を悩ませてるけどよ」

「魂同士が近い場所にありながら、まあ強情なことよ」

　おかしげに言い、龍神は酒を口にする。

　しかし、涼聖は龍神の言葉の意味がさっぱりだ。

　そもそも「神様」の世界のことは分からないことが多い。

おおよそ、人間が理解するには難しいことばかりだと思うし、人の世界の理論も通用しない場合が多いだろう。

それに、琥珀たちにしても自分たちに「知らせていい部分、だめな部分」があるだろうし、その中で分かるように伝えろと言うのも無理がある気がする。

とはいえ、自分に関わりがあることで意味不明なことを言われては気になる。

「どういうことだ?」

言いかけたのなら、知られてもいい部分なのだろうと問い返してみたが、龍神はぐい飲みを手にしたまま、

「今のおまえに言っても、理解はできんだろう。それに我から言うことでもない。時が来れば琥珀が言うであろう」

そう言って、また口に酒を運ぶ。

――言いかけたんなら、言えよ……。

とは思うものの、聞いたところで龍神が答えることはないだろうというのは分かる。

「急ぎで知っとかなきゃなんねえってわけじゃないことだけは分かった。……じゃあ、俺、寝るけど、あんまり飲みすぎんなよ」

涼聖は言って立ち上がり部屋へと戻った。

そしてベッドに入りながら、

——琥珀、今頃どうしてんだろ。もう任務中か……？

琥珀のことを考える。

任務のことも詳しくは知らないが、まったく危険がないわけではないにしても、伽羅が一緒なのだからそこまで心配しなくていいのだろうと思う。

それでも、なぜか胃の底のほうで何かがざわざわとするのだ。

秋の波が野狐化した時は無理を言って、本宮までついて行った。

今回、そうしなかったのは琥珀の説明を聞いて、そこまでの危険な話ではないと理解できたことと、伽羅の様子を見ても「琥珀を止めなければ」という気配はなかったからだ。

だが、なぜか落ち着かない。

——いろいろ、あったせいだな……。

琥珀の魂の亀裂が判明し、それで命を落としかけたのは記憶に新しい。

それから半年近く本宮で療養し、帰ってきたのはまだ二ヶ月ほど前のことだ。

せっかく戻ってきたのに、と思う気持ちが、こうにも自分を不安にさせるのだろうと納得させて、涼聖は目を閉じた。

◇◆◇

琥珀たちが本宮を出立したのは真夜中近くのことだった。

敵の出入りする場所を望むことのできる場所に陣を張り、様子を探るが、琥珀たちは敵方によほどの動きがない限りは陣内に留まる。

「黒曜殿と玉響殿の隊も到着、陣が張られました」

伽羅が言う。

二つの拠点の様子は陣内に設置した水晶玉を通して見ることができるようにしてある。

「分かった。では、結界の補助を行う」

琥珀はすっと軽く息を吸うと、空中にいくつもの呪と文様を描き、構成した呪文を口にし、術式を活性化させる。

「……二拠点より、補助結界発動確認の返事がありました」

伽羅の報告に琥珀は少し表情を緩めた。

「あとは様子を見るしかないな」

「観察だけで終わると思いますよー？　黒曜殿の部隊は最精鋭を揃えてる上に、黒曜殿自身も出陣されるんですし、仮に玉響殿のほうが本陣だったとしてもあの二つの拠点は近いですからすぐに黒曜殿が駆けつけますからねー」

伽羅がわざと明るい口調を装って言うのは、琥珀への配慮もあるが、どちらかといえば応援に来てくれている月草の配下の兵士たちを安心させるためだ。

彼らとて自分と同じ神族に属するものが被害に遭っている件だと認識していて、だからこそ応援に来たということは理解している。

だが、ここでどんなことが起きる可能性があるのか、については分かっていない。

というか、琥珀たちにしてもそれは分かっていないのだ。

想定しているのは、後方支援だが、一応、ここも戦闘に巻き込まれるかもしれないとは思っている。

戦闘に巻き込まれるというようなことがあった際、どうなるかは琥珀たちでもその時にならなければ分からないのだ。

作戦開始は人界の夜明けと同時。それまでは各拠点の地脈を出入りするものの様子を監視することになる。

事前資料と比べて何らかの異変があれば、すぐに他の拠点とも連絡し合い、その結果、作戦を取りやめにする可能性もある。

強行するほうが危険だからだ。

「……出入りするモノの数は事前資料と変わりないようだな」

監視用の水晶玉に映し出される、地脈を出入りする「モノ」たちのカウント数を見ながら琥珀は言う。

「そうですね……。相手が気づいてない、と判断していいんでしょうか」

「事前調査をしている黒曜殿の隊はそうやすやすと気づかれるような方々ではないと思うが……」

なぜか、胸の下あたりが落ち着かなかった。

「私もこういった任務には不慣れゆえ、基準がよく分からぬな」

不安にも似た、この落ち着かなさは、多分そのせいなのだろう。

「まあ、出入りしてるのも低級の物《もの》の怪《け》に近い連中ばっかりですしね」

『反魂』などの理を逸脱した外法に、神族が手を出すことはない。

できる、できないという以前の問題として、理を破るような事柄に手を出すこと自体、まっとうな者は行わないのだ。

行えば、神格が下がり、物の怪や妖《あやかし》に近くなる。

今回の一連の件の核となる者が、いったいどういうものなのかその正体は未だ分かってはいない。

神族崩れであるのか、なにがしかの強大な力を偶発的に持って生まれた妖なのか、それともまったく違う何者かなのか。

だが、それが何者であり、どのような理由があるのだとしても、許すわけにはいかない。

太陽が東から昇り、西へと沈む。

それが揺らいではならないことであるのと同じように、死した者に再び生を与えるなどということは起きてはならないからだ。

――琥珀殿は、涼聖殿を眷属にしようとは思わないんですか？――

不意に、伽羅が言っていた言葉が脳裏をよぎった。

今までは、考えなかった。

涼聖と自分では属する世界が違う。

それぞれの世界の『範』というものがある。

それを越えていいとは思っていなかった。

だが――。

「琥珀殿？　どうかしたんですかー？」

不意に黙り込んでしまった琥珀に、伽羅が声をかける。

その声に琥珀ははっとして、頭を横に振った。

「いや……、何を不審なものとして見張ればよいのか分からぬと思っていただけだ」

琥珀の言葉に、伽羅は頷いた。

「そうなんですよねー。物の怪がいが多数出入りしてるってだけで、充分不審ですしねー」

納得したように言って、伽羅は監視用の水晶玉へと目を向ける。

それに琥珀も気持ちを切り替えて、監視を始めた。


「もうすぐ夜明けだ。予定通り、先行部隊からまず潜入。意識同調はできているな」

第一拠点では黒曜が最後の確認を取っていた。

先行部隊は黒曜と暁闇をはじめとした四人の稲荷だ。内部が蟻《はち》の巣のように複雑に入り組んでいることを想定してそれぞれ単独で動く。

誰がどこで何をしているのかはそれぞれが理解しておかなくてはならないし、不用意に物音を立てないようにしなければならないため、単独行動とはいえ意識同調は必須のスキルとなる。意識共有と異なるのは、意識共有が思考込みであるのに対し、意識同調は主に視覚と聴覚である点と、思考の共有がされないため、意志疎通は心話を用いる点だ。

「先行部隊の状況を確認して、宵星の隊が潜入、その後の隊も予定通り続け。仮に敵と出くわした場合、他のものに気取られぬよう速やかに制圧」

黒曜の言葉に第一拠点の稲荷たちは頷いた。

その頃第二拠点でも、黒曜と意識共有をしている玉響が、黒曜たちが動き出すのに合わせて、潜入任務の最終確認を行っていた。

玉響は潜入を行うことはないが、第二拠点で潜入する稲荷たちと意識同調をし、総合的に判断をして指示を出すことになっている。

それぞれの拠点の隊の者と意識同調する黒曜、玉響と繋がることで白狐が総合的な判断を下すという形だ。

もっとも白狐も余計な口出しは行わない。

潜入開始となる夜明けは、もう間近だった。

◆◇◆

「たっまごやきー、たっまごやきー」

朝食の準備が整った香坂家の居間では、陽とシロにより明るい即興《そっきょう》の朝食ソングが歌われていた。

今日のメニューは伽羅が作り置きしてくれていたお惣菜二種——ほうれんそうのおひたしとキノコのオイスターソース炒め——と、定番であるわかめと豆腐のお味噌汁、それに涼聖の玉子焼きである。

涼聖の玉子焼きは香坂家では人気メニューの一つだ。

涼聖としては特別なことは何もせず、普通に作っているだけなのだが、なぜか絶賛されている。

もっとも、普段の朝食は伽羅が担当してくれていて、涼聖が作るのは休みの日など限られた時になっているから、珍しいという意味でも喜ばれているんだろうと思っている。

「じゃあ、手を合わせて、いただきます」

料理の揃ったちゃぶ台に集まり、涼聖の音頭に合わせて陽とシロ、そして龍神も「いただきます」と繰り返し、和やかな朝食タイムが始まる。

「んー、やっぱり、りょうせいさんのたまごやき、おいしい！」

さっそく一切れ食べた陽が笑顔で言う。

「ふわふわで、あじのかげんがぜつみょうです」

シロも満足げだ。

「あまいたまごやきもあるよね。こうたくんと、おでかけして、おべんとうやさんで、おべんとうかうとき、はいってるたまごやきは、あまいの。はじめてたべたときは、びっくりしちゃった」

涼聖の玉子焼きは出汁《だし》と塩で味付けされたものだが、確かに砂糖を入れてある甘い玉子焼きもある。

涼聖の上の兄——千歳《ちとせ》の父ではないほう——の家は、兄嫁が甘い玉子焼き文化で育った人で、いつだったか親戚一同が集まった時に食事作りを手伝ってくれて、その時に出された玉子焼きが甘くて、みんな驚いた。

いや、驚くほど甘かった、というわけではないのだ。

普通の「甘い玉子焼き」の味だった。

だが「玉子焼きと言えば塩味」で育ってきた、上の兄を除く他の親戚たちは、予想外の味に驚いた。

とはいえ、おいしかったので、兄嫁が来た時にだけ食べられる玉子焼きとして、珍重されていた。

「あまいたまごやきですか……？　それは、だてまき、のようなものでしょうか？」

シロが不思議そうに問う。

「『だてまき』ってなに？」

だが、伊達巻がわからない陽が首を傾げる。

「正月に食べたの覚えてないか？　寿司にも入ってたりするけど、玉子焼きみたいな色でふわふわしてるやつだ」

涼聖が言うと、陽は少し考えてから、

「あ！　おうどいろよりもうちょっときいろの、あまいやつ！」

該当する食べ物を思い出した様子で言う。

「ああ、多分それだ」

涼聖が頷くと、陽は、

「えっとね、だてまきくらい、あまくなくてね、サケべんとうの、しおあじのサケをたべたあとに、たべたらちょっとうれしくなるみたいなあまさなの」

自分の経験則から語るが、シロはピンとこない様子だ。

「じゃあ、こんど、あまいたまごやきのはいってるおべんとうかったら、たまごやきだけ、おみやげにするね」

優しい陽らしいが、微妙なお土産だな、と涼聖は内心で思いつつ、

「じゃあ、今夜、甘い玉子焼きを一つ作ろうか」

涼聖が提案すると、

「りょうせいさん、あまいたまごやきもつくれるの？」

陽が少し驚いた顔で聞いた。

「味付けが変わるだけで、作り方が変わるわけじゃないからな。レシピを調べて作ってみる」

それに陽とシロは、やった、と喜んだが、

「我は、これと同じもので頼む」

龍神は二切れ目の玉子焼きを口に運んで催促したあと、キノコのオイスターソース炒めにも箸を伸ばしてから、

「これは酒のツマミにもいいな……」

などと言い出すので、涼聖はあきれ顔になりつつ、

「酒は夜まで待てよ」

と、一応言ってみる。

「昼酒も乙なものではあるが、留守居役であることは忘れておらぬゆえ、心配するな」

「酒が絡むと、いまいち信用できねえんだけどな」

そう苦笑した涼聖の携帯電話が、着信音を奏でた。

その音に画面を確認すると、表示されていたのは倉橋《くらはし》の名前だった。

倉橋とは基本的に通話よりはアプリのメッセージでやりとりをしているので、電話というのは珍しい。

「もしもし、倉橋先輩？」

『ああ、香坂、おはよう。いま少しいいか？』

「ええ、どうかしましたか？」

電話は急を要するというか、できるだけ早く連絡を取りたいときに使う、というのが涼聖と倉橋の間での共通認識だ。

その認識と、互いに医者という立場を考えると、倉橋の勤務している総合病院で世話になっている集落の誰かの健康状態に問題が起きたのだろうかと思っていたのだが、

『香坂、今日は休みだよな？』

「ええ、そうです」

休みを確認した、というところで、医者的な立場での話ではないと涼聖は察した。そしてその

通りだった。

『橡《つるばみ》さんが、淡雪《あわゆき》ちゃんを連れて行くから、預かってくれないか？　俺も今日非番だから朝食をすませたらすぐに香坂の家に寄って淡雪ちゃんを引き取るから』

倉橋は簡潔に言った。

「ええ、かまいませんよ。先輩も今日休みなんですね」

『ああ。橡さんと出かける予定だったんだが、橡さんに急用が入ってね。淡雪ちゃんと二人でデートの予定』

笑って言う倉橋に、

「俺も今日は、陽と二人で買い物なんですよ。琥珀と伽羅が留守にしてるんで」

涼聖が流れで返すと、

『そうなんだ。じゃあ、俺も買い物一緒に行ってもかまわないか？』

倉橋はそう聞いてきた。

琥珀と伽羅がいたとしても断る理由はなく、四人での買い物が決まる。電話を終えると、

「おでんわ、くらはしせんせい？」

陽がすぐに聞いてきた。

「ああ。橡さんが淡雪ちゃんを連れてここに来るから、預かってくれって。倉橋先輩もすぐに来るらしい。それで、今日の買い物は倉橋さんと淡雪ちゃんも一緒に行くことになった」

簡単に言うと、

「あわゆきちゃん、くるの？」

陽は目を輝かせる。

陽にとって淡雪は可愛い弟のようなものだ。

自身が集落で孝太《こうた》や秀人《ひでと》に弟分として可愛がられているので、陽も淡雪が来ると甲斐甲斐《かいがい》しく世話をして遊んでいる。

それが延々と続く、淡雪の積み木崩しであったとしても、だ。

「あわゆきちゃん、おかいものだけでかえっちゃう？　それとも、そのあともいっしょにあそべる？」

「そのあとのことは聞いてないな。倉橋先輩が来たら聞いてみたらどうだ？」

「うん、きいてみる。シロちゃん、あわゆきちゃんがきたら、なにしてあそぶ？」

「つみきはぜったいだとおもいます」

即座に返しているシロの言葉に、涼聖は笑いをかみ殺しつつ、

「まずは先に飯を食べ終わるか」

そう声をかけて、朝食に戻った。

倉橋はそれから三十分ほどしてからやってきた。

「くらはしせんせい、おはようございます」

「おはようございます、くらはしどの」

家の前の坂道を車が上ってくる音が聞こえた時から、陽とシロの二人は縁側で倉橋が来るのを待っていた。

そして姿が見えると、すぐに挨拶をする。

「ああ、おはよう。陽くん、シロくん」

倉橋は笑顔で二人に挨拶をしたが、そのまま縁側に向かうことはせず、きちんと玄関から家に上がってきた。

それは陽の教育のために涼聖と琥珀が決めたルールで、大きな荷物があったりする時は縁側も使用するが、それ以外ではきちんと玄関から出入りすることになっているのだ。

倉橋もそれを知っているので、ルールに倣《なら》っている。

その間に陽とシロも玄関へと向かい、改めて倉橋を迎えると、

「くらはしさん、コーヒーとおちゃ、どっちのむ?」

そう聞いてきた。

「二人が淹れてくれるのかな?」

「えっとね、コーヒーとおちゃのじゅんびは、いまにあるの。でも、コップがないからとってく

るね」

「じゃあ、コーヒー用のコップを持ってきてくれるかな？」

倉橋が言うと陽とシロは台所へと向かい、倉橋は一人で居間に顔を出した。

「やあ、お邪魔するよ」

そう言って居間に入った倉橋の目は、ちゃぶ台に座っている、赤い髪の青年に釘付けになった。

「えーっと……香坂の弟、じゃないよね？」

倉橋の言葉に、涼聖は「え？　誰のこと？」という顔をしてから倉橋の視線の先にいる人物を辿った。

倉橋の視線の先にいたのは、龍神である。

「倉橋先輩、この姿の龍神と会うの初めてでしたっけ？」

「あっ、金魚鉢の中の人」

納得した倉橋の言葉に、

「人ではないな」

龍神は冷静に訂正する。

「ああ、確かに」

倉橋も訂正をすんなり受け入れてから、空いている場所に腰を下ろすと、

「初めまして、倉橋と言います」

きちんと挨拶をした。その倉橋に、

「ああ、烏天狗《からすてんぐ》の嫁だな」

龍神はさらりと返し、それに倉橋は、

「淡雪ちゃんの母親って言われるよりは衝撃が少ないですね」

笑って返す。

「いい嫁をもらったな、あれも」

物怖じしない倉橋の様子に、龍神はどこか満足げな様子を見せる。

そこに陽とシロが来客用のマグカップを持って居間に戻ってきた。

「りょうせいさん、くらはしせんせい、コーヒーだって」

涼聖にマグカップを手渡して陽とシロは定位置に座る。

「今日は金魚鉢にいなくていいんですか？」

倉橋の問いに、

「今日は留守居役なのでな」

龍神が答えると、

「あのね、こはくさまと、きゃらさんが、びゃっこさまのおてつだいで、ほんぐうにいってるから、きょうはりゅうじんさまがおるすばんなの」

陽が詳しく説明を添える。

「ああ、そうなんだね。それにしても龍神かぁ……」

倉橋はしげしげと龍神を見て、

「やっぱり龍神さんの本体っていうのは水墨画とか彫刻なんかで見るみたいな感じなんですか？」

質問を続ける。

「そうだともいえるし、違うともいえる。だがおまえたちの前に姿を現すときは、おまえたちに馴染み深い姿をとるゆえ、おおむねそうだな」

龍神はそう答えたが、

「いや、今のおまえの本体、タツノオトシゴだろ」

涼聖は言いながら、淹れたインスタントコーヒーを倉橋に出した。

「秀人くんのサイフォンのコーヒーを飲み慣れてる先輩には満足いただけないと思いますが」

「ホント、秀人くん、集落で古民家カフェでもやんないかなと思うよ。いただきます」

倉橋はそう言って一口飲んでから、再び龍神に目を向けた。

「龍っていろんな色で表現されてますけど、実物もやっぱりカラーバリエーション豊富なんですか？　それこそ金とか、銀とか」

「まあ、そうだな。属する龍神族によっても違う」

「あと逆鱗《げきりん》って言葉は龍に関係した言葉だったと思うんですけど、本当にあるんですか？」

興味津々といった様子で矢継ぎ早に問いを繰り出す倉橋に、

「なかなかにぐいぐいくるな……」

やや驚きつつも、龍神は悪い気はしない様子だ。しかし、

「あ、もしかしてしちゃいけない質問でしたか？　だったらすみません」

倉橋は無遠慮に聞いてしまったかと思って素直に謝る。

「いや、そういうわけではない。こちらに興味を持たれるのは無関心でいられるよりも嬉しいことだからな。まあ、どこまで『ふぁんさ』に応えるか、迷うところではあるが」

「まさか龍神さんの口から『ファンサ』なんて言葉を聞くとは思いませんでしたよ」

倉橋はそう言って笑う。

「伽羅の影響ですよ」

涼聖が苦笑いして言うと、倉橋は納得したように頷いた。

「あー…伽羅さんか……。普段、完全に忘れてるけど、お稲荷様なんだよね、伽羅さんも」

しみじみ言う倉橋に、

「こはくさまも、おいなりさまだよ」

陽がニッコリ笑顔で言い、ちゃぶ台の上できちんと座っているシロもシロで、

「われは、いちおう、ざしきわらし…のなりかけです」

と、自己主張をする。

「陽、そなたも稲荷となる者であろう」

自分のことをすっかり忘れている陽にそう声をかけ、龍神はその頭を撫でる。

「あ、そうだった！」

思い出したように言う陽と少し笑みを浮かべる龍神の様子に涼聖と倉橋が和んでいると、庭先でバサバサと翼をはためかせる音が聞こえた。

それに、庭へと目をやると淡雪を抱いた橡が着地したところだった。

抱かれた淡雪は珍しくご機嫌で、「あー、あっ、あ」とおしゃべりをしている。

「つるばみさん、あわゆきちゃん、おはようございます」

即座に立ちあがって、縁側に迎えに出たのはやはり陽だ。

「おう、おはよう」

橡はそう挨拶し、陽の声に気づいた淡雪も、

「はーぅ」

不明瞭な言葉ながら、笑顔を見せて陽の名前を呼び、そしてちゃぶ台に座したまま、顔だけ庭に向けている倉橋に気づいた淡雪は、激しく手足をばたつかせた。

「くーし、くーっ、くー！」

「暴れんなって」

橡は言いながら縁側まで来ると、即座に淡雪を放牧した。放たれた淡雪は、高速ハイハイを繰

り出し迷いなく倉橋のもとへと向かう。

「あ？　龍神殿が起きてんのか、珍しい。そんで琥珀と伽羅はどうした」

やけに空間の多い居間の様子に気づいて椽が問うと、

「あのね、びゃっこさまのおてつだいがあって、きょうはほんぐうにいってるの」

陽がすぐに返した。

「そうなのか」

椽は返事をしつつ、龍神へと目を向ける。

二人が不在で龍神が起きているということは、龍神はもう少し詳しい事情を知っているだろうから補足説明でもあるんじゃないかと思ったのだ。

だが、龍神はただ頷くだけだ。

しかし、補足することがないというよりも、今はそれで納得しておけ、という意味合いを含んでいることはなんとなく理解でき、椽はそれ以上問うことはしなかった。

おそらく陽の手前言えないこともあると分かるからだ。

椽は視線を倉橋に向けた。

淡雪は倉橋に抱っこをされて、いつもながらのご満悦状態である。

「予定、変わっちまって悪いな」

「かまわないよ。どうせ、買い物に行く予定だったたから、それはこのあと香坂たちと一緒に行って用をすませとく」

夏に向けて橡と淡雪の服を買いに行く予定だったのだ。

橡は着るものにこだわりはないというか、倉橋と出かける時以外は、人に変化する時に自然と術で着用する形になる服ですませてしまうお手軽さのため、買い足すと言ってもさほどのことではない。

メインの買い物は淡雪の服だ。

淡雪はまだ術で服を作るというようなことまではできないため、赤子の姿になっている時には服がいる。

あまり成長していないので、去年の服はまだサイズ的にいけるのだが、かなり汚れも目立つので新調する、ということで決まったのだ。

もっとも、一番の理由は淡雪に可愛い服を着せたい、という倉橋の純粋な欲望からくるものだが。

「ああ、頼む。じゃあ」

橡がそう言って縁側から離れようとするのに、

「もう、かえるの？　おちゃ、のまないの？」

陽が声をかけた。

「悪いな、ちょっとばかり急ぎだ。淡雪を頼んだぞ」

陽の頭を撫でながら、橡が言うと、陽は笑顔で頷いた。

「うん！　くらはしせんせいといっしょに、あわゆきちゃんのおせわするね」

「仕事が終わったら、また来る」

「わかった。じゃあ、おしごとがんばって」

労ってくる陽の頭に、ああ、と返して橡は地面を一蹴りするとそのまま身軽な烏の姿へと変化し、山へと戻っていった。

# 3

橡が帰ってから、まだしばらくの間は龍神を交えてみんなで話をして過ごした。

主に倉橋が龍神を珍しがって話しかけ、龍神も気分よくそれに答えていた。

そして壁掛け時計が十時を告げたのを合図に、買い物へと出かけることにした。

「龍神とシロのご飯は冷蔵庫に伽羅が準備してったのをワンプレートに盛り付けてあるから、時間がきたら出して食えよ」

涼聖たちは出先で昼食をすませるので、留守をする龍神とシロにはちゃんと別に準備をしていく。

まあ、龍神とシロは基本的に食事はいらないのだが、龍神はともかくとして、シロは食事をとるのが習慣化しているので必ず準備をする。

「レンジで一分半、チンすりゃいけると思う」

「ああ、分かった」

返事をする龍神は、電子レンジを結構使いこなしている。

そもそもは酒を燗にする時に、横着をして使い始めたのだが、琥珀が本宮での療養中、伽羅が日中診療所を手伝っていて、シロと龍神が留守を守っていた時、シロのための食事を温めるのは龍神の役目だった。

その時にすっかり要領を覚えたようだ。

そんなわけで電子レンジの使い方に関しては、もうすでに琥珀を超えている。

「じゃあ、シロちゃん、チョコレートはぜったいかうことにするね」

「はい！　おねがいします」

陽とシロは購入するお菓子の最終決定を行っている。

お菓子は、陽とシロでそれぞれ一つずつ、合計二つ買ってもいいというルールなので、いつも分け合う二人は事前に相談して、何系のものを買うか決めるのだ。

ここで二つ決まることもあるが、大抵は一つで、もう一つは陽が直接売り場で見て、食べたいと思ったものを買うことが多い。

まあ、そこで複数のときめくものと出会った場合、保護者の激甘判定で「じゃあ、これは俺が食べたいから買おう」が発動することもある。

そんな激甘判定が出てしまうのも、ちゃんとルールを守ろうとして、陽が売り場で必死でいろいろ考えて悩む姿を目にしているからだ。

もしこの時に、助け船を出してくれないかな、という様子を見せたら、おそらく激甘判定は下りないだろうと涼聖は思っている。

それは、甘えに繋がるからだ。

もちろん、毎回ではない。

基本的に陽は迷っても必ずどちらかを選ぶ。

自分で決めて、自分で選べる、賢い子なのだ。

「おやつの時間には帰るから、あとは頼んだぞ」

「じゃあ、シロちゃん、りゅうじんさま、いってきます」

涼聖に続いて陽がお出かけの挨拶をし、淡雪を抱いた倉橋も龍神に軽く会釈をして、香坂家をあとにした。

もちろん、いつもの街のスーパーへはそれぞれの車で移動だ。

そしてスーパーに到着すると、まずは飲食店エリアで昼食である。

少し早い時間だが、ジャストな昼食タイムになると店が混雑するので、到着した時間やその日の買い物予定次第で、早めに食べたり、遅くに食べたり、必ずピークタイムは避けることにしていた。

淡雪がいるため、今日は座敷席のある和食の店を選んだ。

淡雪も一緒に店で食事をするのは初めてではないが、それでも滅多にないことなので、陽は楽しそうだったし、淡雪も食事が届くまでの間、陽の隣に来て二人で何やらおしゃべりらしきものをしていた。

らしきもの、というのは、涼聖と倉橋には淡雪の言おうとしていることがほぼ分からないのだが、陽は理解している様子――本当に理解しているかどうかは分からないが――だからだ。

それぞれの食事が届くと、淡雪は倉橋のもとに戻り、食べさせてもらうが、時々、陽のほうを見て、手と声で何やら伝えている。

別の席では同じような子連れが、じっとしていない子供に手を焼いて、叱ったりしているのが聞こえていたが、それを考えると何とも平和である。

「淡雪ちゃんは、夜泣き以外は、いつもこんな感じで大人しいんですか？」

なかなか手のかかる子供だと橡はげんなりしていたが、香坂家で預かる時はそこまで困ったことはない。

まあ、適した遊び相手がいることと、スーパー主夫の伽羅がいるのが大きいとは思うが。

「俺が預かる時は、まあだいたいこんな感じだよ。だから、橡さんが困ってる実態がいまいちよく分からないんだよね」

橡の側近である藍炭《あいずみ》も相当悩んでいる様子なので、かなり困らせることをするのは嘘ではないのだろうが、倉橋はまだ分からない、というのが正直なところである。

「夜泣きは、相変わらずですか？」

「んー、それは、高確率でって感じかな」

倉橋は苦笑いする。

一線を越えて以降、何度かは淡雪が協力的（？）な夜があったが、負け越しは確実である。

「でも、前よりは泣かないでいい子でおねむできる日もあるもんね」

倉橋は優しい声で言いながら淡雪を見る。

それに淡雪は嬉しそうに声を立てた。

「そうしてると、親子みたいですよ」

涼聖の言葉に、倉橋は笑う。

「年齢的に、おかしくないからね。でも、橡さんも一緒だと、どういう関係性か向こうが悩んでるのがよくわかるよ」

「あー……」

「でも、まあだいたい、俺と淡雪ちゃんが親子って見られることが多いかな。俺が抱いてる時が多いし」

その言葉に、

「ボクもりょうせいさんといっしょにいたら、パパとおかいもの？　ってきかれるよ」

陽が参戦してきた。

「うちもそこに琥珀と伽羅が合流して、家族構成が一気に複雑になる感じですけどね」

涼聖がそう言って笑うのに、倉橋も笑う。

「まあ、ご想像にお任せしますってことで」

「本当のところを話しても理解されづらいですしね」

全員血族ではなくて、しかも人間は自分だけなんです、などとは言ったところで到底信じてはもらえないし、言うつもりもない。

それは倉橋とて同じだろう。

「まあ、俺たちが楽しく暮らせてればそれでいいんだよ」

倉橋が言うのに、涼聖は頷いた。


食事を終えると食休みを兼ねてキッズスペースへと向かった。

陽と淡雪を空いているエリアに連れていくと、陽はさっそく無料貸し出しの棚から積み木を取ってきて、淡雪のために積み始める。

それを淡雪が端から崩しては楽しそうに声を上げる。

正直大人からすれば何が面白いのか分からないのだが、淡雪はずっとこの遊びにハマっている。

そして陽も、崩されるだけの積み木を甲斐甲斐しく積んでは、なぜか楽しそうだ。

そんな二人の様子を、涼聖と倉橋はキッズスペース内に置いてあるベンチに座して見守った。

「琥珀さんと伽羅さんは、すぐに戻るのか？」

不意に倉橋が聞いた。

「ええ、多分、今夜には」

「そうなのか」

倉橋はどこか拍子抜けしたような様子を見せた。

「もっと長くなると思ってましたか？」

「ああ。橡さんが理由を聞いた時、龍神さんがちょっと微妙な圧をかけるような感じで頷いてたからね」

「え、そうだったんですか？」

涼聖はまったく気づいていなかった。

「そうだよ。まあ、俺は龍神さんが珍しくて気にしてたから、気づいたってとこもあるけど」

倉橋はそう言ってから、

「ただの用事で出かけたってわけじゃないのか？」

続けて聞いてきた。

「大枠では、陽の説明で間違ってませんよ。……ただ、まったく危険じゃないとは言えない用件で出かけていて」

「俺が詳しく聞いても問題ない？」

「先輩、もうこっちの業界を知ってる人ですしね」

涼聖は少し茶化すように言ってから、説明をした。

野狐となった琥珀の友達のこと、野狐を生み出す術を用いている者がいると思われること。そ

してその者たちが、死者を蘇らせようとしていること。

「反魂っていうらしいんですけど、それは絶対に成功させせちゃいけないことなんだそうです」

「そりゃそうだよ。死んだ人がバンバン生き返っちゃったら、人口爆発でえげつないことになるだろうし。まあ、信長とか竜馬とか、あのあたりの偉人とは会ってみたい気はするけどね。それで、琥珀さんたちは『蘇り』的なのをやろうとしてる連中を倒しに行ったってこと？」

「琥珀と伽羅は後方支援ってことで、直接、潜入とかはしないようなんです。現場に踏み込む連中のサポートっていうか、詳しい内容は聞いてないんですけど、伽羅が一緒なら琥珀に危ないことはさせないだろうって思ってるんで、そこまで危ない任務じゃないってのは信用してるんですけど……」

涼聖はそう言ったものの、

「正直、心配で仕方なくて」

本音を口にする。しかし、

「けど、ただの人間でしかない俺が、あいつらの世界のことにあれこれ口出しするってのも、ルール違反って気もして」

それもまた、本音だった。

だが、倉橋は、

「ずいぶん、理性的だね」

感心と、微かな呆れを含ませた声で言い、続ける。

「もし、俺が香坂と同じ立場だったとして、『必ず帰る、淡雪を頼む』ってだけ言って行こうとしたら正座させて本当に危険はないのか、リスクがあるとしたらどの程度か、全部資料出させて説明させた上で『だが断る』ってなる流れかな」

「いやいや、断るのはまずいでしょう。琥珀だって、断れるなら断ってると思いますし」

「でも、恋人のことだよ？　物分かりのいい顔をして送り出して、椽さんに万が一のことがあったら、俺は一生後悔するから」

倉橋はそこまで言ってから、少し考えるような表情を見せると、

「香坂は、まだ眷属になってないのか？」

首を傾げて聞いた。

「ケンゾク？　なんですか、それ」

初めて聞く言葉に、涼聖も首を傾げる。

「え、何も知らない感じ？」

倉橋は驚いた顔をした。

「知っておかないとマズイ感じですか」

「いや、マズイかどうかは……」

「なんですか？　その『ケンゾク』って」

涼聖が詳しく聞こうとしたとき、

「くーし、くーし！」

淡雪の声がして、見てみると遊びに飽きたらしい淡雪がキッズスペースのマットの上を高速ハイハイで、こちらに向かってやってきていた。

そのあとを陽が追いかけてきて、淡雪がマットの外までハイハイしていかないように抱き上げた。

「くらはしせんせい、あわゆきちゃんが、せんせいともあそびたいって」

陽が代弁すると、陽に抱き上げられた淡雪はにこにこして「あー、あっ、あ」と催促するような声を上げる。

「御指名とあれば行かないとね」

倉橋が言って腰を上げるのに、涼聖も続いた。

その後、四人で積み木以外のものを借りてきてしばらく遊んでいたが、人が増えたのでスーパーへ買い物に向かうことにした。

「さて、夕ご飯どうしようかな。惣菜いろいろ買って…ご飯はレトルトでいっか」

カートの準備をしながら倉橋が言うのに、

「先輩、よかったら夕飯、うちで一緒にどうですか？」

涼聖が声をかける。

「え、いいの？」

「ええ。うちも今日は人数少ないんで……橡さんが合流しても席はありますし」

涼聖はそう言ってから陽を見た。

「陽、今夜、倉橋先輩や淡雪ちゃんたちと一緒に夕飯食うのに賛成？」

その問いに陽が否を唱えるわけがない。

「さんせー！」

手を挙げて笑顔を見せる。

「じゃあ、決まり。伽羅が準備してくれてるものもあるんで、適当に惣菜を買い足して、あとは淡雪ちゃんの食べられそうなものを」

「あ、それは俺が買うよ。あと龍神さんって何が好きかな。お近づきのしるし的に何か買って行こうと思うけど」

留守番をしている龍神を気遣って倉橋が問う。

「りゅうじんさまは、おさけがだいすきだよ」

答えたのは陽だ。

「そうなんだ。じゃあ、お酒と何かおつまみになりそうなもの適当に選ぼうかな」

「酒は五合瓶くらいのでいいですよ。あいつ、一升瓶を一晩で空けることザラなんで」

涼聖は多少うんざりした顔で言う。

「へぇ、すごいね。さすが神様っていうべきかな。やっぱり日本酒？」

「日本酒が多いですね。っていうか、俺があいつが飲んでもいいように買うのが日本酒ってだけで、ビールも勧めればうまそうに飲んでます」

「そうなんだ。ワインとかウィスキーとか、そのあたりどうなんだろ。今日はとりあえず日本酒買って、帰ったら他のもイケる口かどうか聞いてみよう」

倉橋はどこかうきうきした様子で言う。

どうやら、龍神が気に入ったらしい。

「じゃあ、買い物が終わったらスーパーの出口で合流ってことで」

涼聖がそう言うと、抱っこひもで淡雪を前抱っこした倉橋は、頷いてカートを押して真っ先に酒類コーナーへと向かっていく。

それに少し笑いながら涼聖は伽羅から渡された食材メモを取り出した。

「えーっと、まずは野菜コーナーで……」

メモを見て買うものを確認していたが、なぜか脳裏に突然、倉橋の言っていた『ケンゾク』という言葉が蘇ってきた。

それがどういう意味のものかは分からないが、自分と琥珀の関係性を変えることまであるのだけは分かる。

「りょうせいさん、きょうは、なにかうの？」

メモを見たまま足を止めた涼聖に、陽が声をかけてくる。

「えーっと、まずはエノキ、シメジ、マイタケだろ。それからピーマン」

「……ピーマン…」

食べられないわけではないが、まだ苦手な部類に入る食材名に陽は少しテンションが下がった顔をする。

「あー、でも、ちりめんじゃこを買ってこいって書いてるから、多分、常備菜にジャコピーマン作るつもりなんだろ」

涼聖が言うと陽はホッとした顔をした。

「ジャコピーマンは、あまくておいしいから、すき。パンのうえにのせて、とろけるチーズもかけてやくのだいすき」

伽羅の食育はかなり優秀で、苦手な素材でも味付け次第で食べられるようになる、という信念のもとにレシピを検索し作るため、陽は好き嫌いがほぼない。

大抵のものは『苦手だけど食べられる』のである。

その食育は、離乳食づくりを担当している淡雪にも活かされており、淡雪もピーマンは下ごしらえの時点で工夫を凝らすことで、食べられるようになっている。

――本当にあいつ、デキる七尾なんだけど……どこに向かおうとしてんだ？

伽羅の行く末を多少案じつつ、涼聖はメモに書かれたものを順番にカートに入れていった。

◆◇◆

帰宅すると二時半で、おやつに丁度いい時間だったため、買ってきたフルーツロールケーキを切り分けて、おやつタイムに入った。

「なまクリームのあまさとかたさがほどよく、フルーツのあまみとさんみ、そのりょうほうがともによくあじわえます」

シロがうっとりしながらも的確な批評を下す。

伽羅の新メニューをいろいろと試食する中で、シロに新たに培われたスキルである。

「このスポンジの柔らかさもよいな」

龍神も満足げだし、淡雪も倉橋に食べさせてもらいながら手足を振って喜びをあらわにする。

陽は自分が選んだケーキをおいしいと言ってもらえて嬉しそうだ。

その中、涼聖はどうしても『ケンゾク』のことが頭から離れなかった。

それを表情に出さないようにはしていたのだが、龍神は何かを感じたのか、それとも気まぐれか、おやつのあとに陽とシロが裏庭へ向かうと、

「我が様子を見ておこう。淡雪、そなたもしばし我と裏庭へ参るか」

淡雪に声をかけた。

淡雪はじっと龍神を見て、それから倉橋を見、そして再び龍神を見る。

「決めかねてるって感じだね」

「子供は子供同士と思ったが」

龍神が立ち上がろうとすると、不意に淡雪は龍神に手を伸ばした。

龍神と一緒に行くことを決めたらしい。

「裏庭に行くなら淡雪ちゃん、サングラスかけようか」

倉橋はそう言うとカバンから淡雪のサングラスを取り出し、装着させる。アルビノの淡雪にとってサングラスをかけずに外に出るとまぶしすぎるのだ。

真夏でも紫外線をカットする長袖シャツが必須で、豪胆な本人の性格とは真逆の繊細な扱いが必要である。

倉橋にサングラスをかけさせてもらった淡雪は、大人しく龍神に抱っこをされて縁側伝いに裏庭へと向かっていった。

「意外に大人しく抱っこされていったね。龍神さんに、慣れてるのかな」

「いや、前はギャン泣きしてましたよ」

そう、あれは倉橋が落石に遭い車内に閉じ込められていた時のことだ。

倉橋を助け出すためにこの家で話し合いをする間、龍神が淡雪を抱いていたのだが、倉橋の異変を感じ取っていたのかとにかく泣いて泣いて、龍神も困り果てていた。

あそこまでうろたえる龍神を見る機会というのもそうないだろうと涼聖は思う。

「そうなんだ？　じゃあ、ちょっと慣れたのかな」

そう言う倉橋に、涼聖は少し間をおいてから口を開いた。

「あの、スーパーで聞いた『ケンゾク』ってやつなんですけど、詳しいことを聞いてもいいですか？」

「詳しいことって言っても、俺もざっくりとしか聞いてないんだけど、それでいい？」

「はい」

「要は、相手に属する者になるってことで、つまり俺は橡さんに属する者になったんだ。属する者になるっていうのがどういうことかっていうと、橡さんが生きてる間は俺も生きてられるって感じ。俺の命は橡さんが握ってる的な？」

「それは、死なないってことですか」

「橡さんが生きてる間はね。年も取らないらしいよ。橡さんの一族の平均寿命が何歳か分からないけど、まあ、人間の寿命よりは、はるかに長く生きることになると思う。それで、橡さんが死ぬ時には俺も死ぬ感じ？　もう、そういう意味で俺、人じゃなくなってるんだよね」

倉橋は『手術で盲腸取ったんだよね』くらいの気楽な感じで言ってくる。

「でもそれ、橡さんが予定外に早くってことになったら……それこそ、一年後だとかに、突発的に何かあって……」

橡の命と連動するのであれば、倉橋もその時に、ということになる。

が、倉橋は頭を横に振った。

「ううん、それは大丈夫。俺の本来の人としての寿命よりも早い時期に橡さんに何かあっても、俺は元の寿命の分だけは生きられることになってる」

その言葉に涼聖は多少安堵する。

「……いつ、それを決めたんですか」

「んー、ちょっと言いづらいけど、初めて橡さんと最後までヤった時」

言いづらいと言いながらも、倉橋はあっけらかんと答えてくる。

「いろんな意味で生々しいですね」

時期的なものもシチュエーションも、だ。

その涼聖の言葉に倉橋は笑って、あの夜のことを思いだしていた。

——今じゃなくていい——

橡はそう囁《ささや》いたあと、

——俺は、長く生きる。あんたが人としての寿命を終えたあとも生き続けることになる。

けど、あんたのいない時間を生きていくなんてのは、正直考えられねえ。

あんたを人の世界の枠から外して、俺のモノにしちまいたい。

そんくらい、あんたに惚れてる。

だから、いつかあんたに覚悟ができたら、俺のモノになってくれねえか――

詳しいことはその時には何もわからなかった。

人の世界から外れる、ということの意味も、椽のモノになるということの意味も。

ただ、椽と長い時間一緒にいられるのなら、それでいいかと思えた。

それで、答えたのだ。

「いいよ」と。

その時の椽は、なんでこんな大事なこと即答してんだ、信じられない的な様子を見せたが、感極まったような様子で、

――まったく、あんたは……。

そう言ったが、その先はもう言葉にはされなかった。

で、ついでに倉橋もそのあとのことは記憶が曖昧だ。

あとで改めて詳しく話も聞いたが、もうその時には倉橋の返事によって椽との間で契約めいたものが結ばれてしまった状態だった。

とはいえ、後悔は一ミリもないわけだが。

「そんなに衝撃だったか？　俺が初体験と同時に人の世界も捨てたて」

難しい顔をして黙ったままの涼聖に、倉橋は笑いながら言う。

「何軽く言ってんですか……。普通衝撃でしょう」

涼聖はそう返したが、何もショックなのはそれだけではない。

そんなことを、今まで何も知らなかったことが衝撃だった。

倉橋と椽より、自分と琥珀のほうが出会ったのも、そういう関係になるのも先だった。

それなのに、琥珀は涼聖にそんな話を何もしてこなかった。

涼聖は、二人のいる世界が違う以上は「死」というもので分かたれるのは仕方のないことだと思っていたのだ。

だが、倉橋の話からそうではないことが分かる。

そうならずにすむ方法があるのに、なぜ琥珀は涼聖にそれを告げないのか。

――琥珀にとって俺は、一体何なんだ……？

「香坂、どうした」

「いや……琥珀からは、そういうことを全然聞かないんで…」

涼聖の言葉に、倉橋は少し考えてから、

「んー……、琥珀さん、ちょっと天然だから……忘れてるって可能性も充分あると思うんだけどね。あとは、眷属云々っていうのが烏天狗一族にだけ伝わる技っていうか方法だったりするのかもしれないし」

二つの可能性を口にした。

確かに、稲荷神に『ケンゾク』と言われるものがない、というのは可能性としてはあるかもしれない。

というか、そうであってほしいと思う。

そうでないなら、本当に自分は琥珀にとって「何」なのかが分からなくなる。

涼聖は、

「確かに琥珀の天然さには、時々驚く時がありますよ」

かろうじて笑って返すのが精一杯だった。

## 4

夜明けと同時に地脈の内部の潜入捜査を始めた第一拠点と第二拠点の部隊は、かなり深部まで向かっていた。

ごつごつとした岩肌に囲まれた地脈内部は薄暗く、いくつもに枝分かれをして、他の地脈と繋がったり、行き止まったりしているが、本来清浄な場所である。

だが、出入りするものたちの穢《けが》れで空気が重かった。

先行する単独稲荷たち——黒曜、暁闇らだ——から一定の距離を保ちつつ、そのあとを宵星の部隊が追う。

部隊を率いる宵星は部隊員だけではなく、先行する単独稲荷、そして後ろを追ってくる別部隊の隊長とも意識を同調させて、彼らの視覚や聴覚の情報のすべてを受け取っている。

おそらく、黒曜に次いで一番多くの者と意識同調させているだろう。

ただ同調させるというのなら他の稲荷にもできなくはないが、宵星は同調した意識から情報を読み取る能力に長けていた。

それは天性のものだろう。

先行する稲荷たちは慎重に、できる限り敵と出くわさないように気を付けつつ進んではいるが、まったく気づかれないというわけではない。

ここに来るまでに数体の妖もどきを制圧しているが、暁闇たちが手練れだということを差し引いても想定しているよりも敵は弱かった。

だが、これまでの調査でも、数は多いものの、さほど力を持った者たちがここを出入りしている様子はなかった。

それらと合わせて考えれば、妥当なのだろうし、順調に進んでいると捉えていいのだろう。

しかし、微かな違和感がある。

――何か裏があるのか……。

注意深く進んでいるが、もう少し慎重を期したほうがいいのかもしれないと判断し、

『先行部隊、進度をもう少し緩めて欲しい』

宵星は黒曜と暁闇たちに声をかける。

『何かあったか』

黒曜が問う。

『何もない。だが、気持ちが悪い』

あまりに感覚的な宵星の言葉だったが、それを笑う者はいない。

分かった、とそれぞれから返事があり、宵星は同調して得ているすべての情報と自身が得ている情報を改めて解析しながら、自分たちも速度を落としつつ進む。

——違和感の正体はなんだ。

探る中、先を行く稲荷たちの視界にちらりと複数映り込む光石の存在に気づいた。

岩肌には鉱物も含まれていて、それが角度などの要素で光って見えることは別段おかしなことではない。

現に自分の視界の中にもそういったものは見えている。

だが——その光石だけはなぜか目についた。

宵星は頭の中で先行部隊のいる場所を俯瞰《ふかん》するようにして組み立て、彼らの視線の方向から光石の位置を推測する。

それらが意図的に配置されている、と察した瞬間——、

『罠だ！　退避！』

宵星は地脈内にいるすべての稲荷に呼びかけた。

それに全員が足を止めた瞬間、地鳴りのような音が響き、先行部隊の目の前、最深部へと向かうルートが崩落した。

それと同時に潜んでいた敵が襲い掛かってきた。

先行部隊の全員が敵を切り伏せながら戻ってきて、宵星たちの部隊と合流するが、彼らの背後からは敵がうじゃうじゃと湧いて出ている。

「後方部隊も後ろから敵に襲われている」

宵星が同調した情報から告げる。

「囲まれたか」

暁闇が吐き捨てるように言った。

最深部に到達していたら、おそらく先行部隊は完全に崩落に飲み込まれていただろう。

「俺が殿を務める。おまえらは退路を切り開け」

黒曜が腰から退魔刀を引き抜いた。

それに頷き、暁闇と宵星たちもそれぞれ退魔刀を手に、敵を切り伏せて、来た道を戻る。

湧いて出てくる敵を黒曜がものともせず打ち倒していく様は、さすがは九尾と言ったところだろう。

だが、地脈内の瘴気はどんどん濃さを増していき、ようやく中ほどまで撤退した時、黒曜の身の内で異変が起きた。

黒曜の視界の揺れを、意識同調により暁闇と宵星は同時に感じ取り、すぐさま振り返った。

その二人の視界には、太刀を杖のようにつき、何かを堪えるような黒曜の姿があった。

その姿に二人は黒曜が身の内に野狐を捕えていることを思いだした。

野狐となったものは、浄化という過程の中で消滅する。だが、その浄化も一筋縄ではいかないのだ。

そもそも意思疎通など不可能な状態になっているのが野狐だ。

不用意に近づけばこちらが怪我を負う。その怪我から穢れが入り込み、思わぬ事態になることもあるのだ。

野狐化などこれまでは滅多になかったこともあり、本宮側でも対策のできる稲荷は限られている。

だが、九尾となれば話は別だ。

本宮に所属する九尾は、白狐、黒曜、玉響の三柱いるが、その中でも適任なのは黒曜だということは、誰もが認めるところであるし、本人もその任を他の者に譲ろうとはしない。

むしろ、危険な現場には率先して行くのが黒曜だ。

その黒曜は野狐化した稲荷を自分の身の内に捕え、浄化するという荒業を行っている。今、黒曜の中には数柱の野狐化した稲荷がいるのだ。

その稲荷が濃い瘴気に反応したのだろう。

それは、一瞬の隙だった。

「黒曜殿っ！」

暁闇と宵星はすぐさま黒曜のもとに駆け付けようとする。

しかし、敵も黒曜の異変を見逃しはしなかった。

二人の目の前で黒曜の体が敵の放った爆裂波に襲われる。

衝撃で地脈の岩盤が削れ砂になった岩盤や大きなかけらが舞い、暁闇と宵星の視界から黒曜の姿が一瞬消える。

しかし二人はかまうことなく黒曜のもとに向かうと同時に、襲ってくる敵へ術を放つ。

砂煙の中、黒曜が見えた。

立っている。

だが、その肩には妖が喰らいついていた。

動こうとしない黒曜の背中に、二人の脳裏に最悪の事態を示す言葉が浮かんだ。

◆◇◆

第二拠点にいる玉響のほうでも、同じく潜入していた部隊が敵の罠に陥り、撤退してきていた。

陣営の防御結界内は続々と怪我をして戻ってくる稲荷たちで溢れかえる。

「順次応急処置を！」

玉響は命じながら、深部にいた稲荷たちと同調させている視界から、状況を読み取る。やっと半分程度にまで戻ってきたようだが、なかなか敵の囲みが厚く戻れないようだ。

「応急処置の終わった者から再度地脈に向かい敵を掃討、中にいる者たちを速やかに外へ」

深部にいる稲荷の中には影燈がいる。だが影燈に同調させている視界が途切れていないため、影燈の無事は分かる。その厳しい状況も。

さらには、玉響と共有していた黒曜の意識が消失した。

——黒曜殿……？

予測できた最悪の事態に玉響の血が凍った。

そんな中、張っていた防御結界が不意に突如として破られた。

敵が拠点内に入り込もうとしてくるが、琥珀の補助結界に阻まれている。

しかし、補助結界はあくまでも『補助』だ。

そう長くは持ちこたえられない。

怪我人への応急処置、深部にいる稲荷たちへの応援のための再編成などでバタつく中、結界を張り直すのが遅れ、補助結界までもが破られた。

その瞬間、敵がなだれ込んでくる。

彼らの目的は、司令塔である玉響だ。まっすぐに玉響のもとに向かってくる。

「玉響殿っ！」

もちろん警護の稲荷もいるが、あまりの数だ。防ぎきることは難しい。

討ち漏らした敵が玉響へと近づき、刃を向けた瞬間、敵が真っ二つになった。

「わらわに気安く近づくな……っ」

いつの間にか抜かれた退魔の太刀が玉響の手にあった。そのまま玉響は敵を容赦なく斬り捨てていく。

「何をしておる、結界を張り直せ！」

刀を振るいながら玉響が指示を出す。その声に慌てて防御担当の稲荷が結界を張り直したが、その結界もすぐに破られた。

「結界が薄い！」

「全力で張っています！」

結界を担当している稲荷は六尾だ。

六尾の結界が破られることなど、そうはない。

玉響は片手で刀を振りながらもう片方の手で呪を描き結界を張る。

その結界をさすがに敵が越えてくることはなく、入り込んだ敵を一掃してつかの間の平穏は訪れたが、玉響が今張った結界は臨時的なものだ。

即座に強固な結界を張ることは出来るが、そう長くは持たない。

——中にいる稲荷たちが戻るまで保《も》つか……？

影燈の視線から場所を確認する。出てくるまで、まだかかるだろう。

——それまで保つか？

いや、保たせるしかない。

『白狐様、黒曜殿との意識共有を一旦解きまする』

『わかった。黒曜の状態が確認でき次第、我より伝える』

白狐からの返事に玉響は黒曜との共有を解き、その分の力を結界の維持に使う。

臨時結界の維持には、通常の結界維持よりも力を使う。

そして今の状況で玉響が通常の結界を張り直すことはできなくはないが、臨時結界を維持しながらでは時間がかかるし、さらに力も使うので現実的ではない。

戻ってくる稲荷には重傷者が増えている。

「玉響様、応急処置で間に合わぬ者が出てきております」

「その者だけをまず本宮へ送れ」

指示を出しつつ、部分撤退するか、待つかを判断する。

部分撤退をすれば今ここにいる稲荷たちは確実に助かる。しかし、手薄になれば間違いなく再度襲ってくるだろう。

玉響のこの結界とて、相手が術の構築を探って破ろうとしているはずだ。

最善は何か。

——全員を生きて戻すこと。

それだけだ。

場当たり的となっても、それさえできればいい。

「戻っておらぬのはあと何人ほどじゃ」

「先行部隊と第一陣がまだ」

報告の言葉に、玉響の胃の底が冷えた。

先行部隊には、影燈がいる。

影燈と、玉響の掌中の珠と言ってもいい秋の波が恋仲であることは、玉響も知っている。

影燈にもしものことがあれば。

「あと十五分待つ。もし彼らが戻らねば、そなたたちは退避させる」

覚悟を決めた声で玉響は言った。

「……玉響様は、どうなさるのです！」

「わらわは残り、彼らが戻るのを待つ。否やは聞かぬ。わらわ一人であれば小規模結界で事足りるし、身の処し方は心得ておる」

言い切った玉響に、その場にいた稲荷も、そして白狐も、言葉を挟むことはしなかった。

◆◇◆

まるで時が止まったように動かぬ黒曜の背中。

舞う砂煙だけが、時の流れを暁闇と宵星に知らせる。

それはわずかの間だった。

暁闇と宵星が反射的に動こうとした瞬間、
黒曜は喰らいつく妖を、もう片方の手でひっつかむとそのまま強引に引きはがして地面に叩きつけ、踏みつける。

「……っらぁっ！」

それに安堵したものの、黒曜はどこもかしこも傷だらけで、あちこちから血が噴き出していた。

「黒曜殿！」

宵星が黒曜に駆け寄り、暁闇は襲ってくる敵を斬り捨てて防ぐ。

「一時的に傷をふさぎます」

宵星は術で黒曜に応急手当てを施す。

だが、それではふさぎ切れない深い傷からは血が止まらずに流れ出していた。

爆裂波を浴びる寸前で防御結界を作ったのだろうが、間近での直撃は防ぎきれるものではない。

おそらく九尾でなければ命を落としていただろう。

実際、黒曜は立っているが、意識が朦朧《もうろう》としているのが分かる。

「暁闇、殿は頼んだ」

宵星は言うと黒曜に肩を貸し、出口へと急ぐ。

暁闇は限《きり》なく襲ってくる敵を容赦なく術と退魔刀で退けながら、自身も二人のあとを追った。

玉響は同調している影燈の視界から彼がどのあたりにいるのかを見守る。

同じような岩盤で、詳しい場所は分からず、湧いて出てくる敵に、なかなか進めない様子が見て取れた。

だが、現状で玉響にできることは待つことしかない。

臨時結界を破ろうと相手が様々な手を用いて攻撃を仕掛けてきていた。

それを防ぐため、結界の術構成を常にいじりながら保つのに、かなり力を割いている。

もちろん、多少なりとも影燈を援護できなくもないが、かえってその援護が影燈の妨げとなる可能性もあるのだ。

今は、玉響が一方的に影燈の視界と同調させているだけで、意識の共有まではできていない。

そして、こういう時に影燈がどういう援護を欲しているか、にわかには分からなかった。

ともに戦った経験が何度かあれば、多少なりとも適した援護ができるかもしれないが。

――せめて、どのあたりにいるのかさえ分かれば……。

最深部に近い場所にいたはずだ。戻るのにも相応の時間がかかるだろうことは分かる。

だが、その目安すら、今はつかめず、玉響は焦れる。

十五分と区切った時間が、刻々と近づいてきていた。

その中、

『黒曜の部隊がすべて本宮に戻った』

白狐の言葉と同時に、白狐の視覚と聴覚で本宮の状況が確認できた。

恐ろしいほどの怪我人が出ている。

その中でも一番状態が悪いのは黒曜だ。

ぐったりとして、生きているのかどうかすら怪しい。

『案ずるな、意識はないが生きておる』

白狐の言葉に安堵する間もなく、同調している影燈の視界が出口を捉えていた。

一番奥に進んでいた影燈がまもなくということは、内部の稲荷がおそらく全員出てくるということだ。

応援部隊と一緒に地脈から影燈たちが脱出してくるのが、玉響の目でも確認できた。

かなりの怪我をしているのが分かる。

すぐに治療が必要だ。

だが、本宮に第一拠点の者たちが先に戻っている。そこに自分たちが合流しては、かえって治療が遅れて危ない可能性がある。

――とりあえず、誰かの神域に避難を……。

だが、誰のもとに？

そう思った瞬間、玉響の中には、もうただ一人の顔しか浮かばなかった。

――月草殿、申し訳ありませぬが、わらわたちの受け入れを。負傷者が多くおりまする――

心話で呼びかけると、

――承知。いつでも――

すぐさま返事があった。

影燈たちが、襲ってくる敵を倒しながら結界へ入る。

「地脈内に残っている者はおらぬな？」

玉響は影燈に駆け寄り、問う。

「はい。俺が殿です」

近くで見た影燈は、自身の血と敵の返り血で血まみれだった。パッと見ただけでも深手を負っている個所が複数ある。

「総員撤退！」

玉響の言葉とともに、結界内にいた稲荷たちの姿が消えた。

◆◇◆

三十分前――。

後方支援となる第三拠点は平穏だった。

「びっくりするくらいに平和ですねー」

気の抜けた声で伽羅は言うが、決して気は抜いていない。視線は第一拠点と第二拠点の各陣営、そして第三拠点近くの地脈付近を映し出すそれぞれの水晶玉から離れることがない。

「順調に進んでいるということなのであろうが」

琥珀の声は少し重い。

それに伽羅は首を傾げた。

「何か、気になりますか？」

「……いや、怖いと思うだけだ」

「うまく行きすぎて、ですか？」

その言葉に琥珀はやや間を置いてから、口を開いた。

「それゆえ、妙に不安に駆られているのやもしれぬ。……地脈の中は複数の分かれ道があるとはいえ基本的には一つ道を進むことが多いだろう。もし私が根城で迎え撃つ立場であれば、どのように戦うか、また攻め込む立場であればどのように進むかをいろいろと考えていた」

「自分ならどうするか、ですか……」

考えるような表情をする伽羅に、

「この拠点に異変がないからこそ考えた空事だ」

琥珀は返した。しかし伽羅が、

「攻め込むなら挟撃、が一番怖い……」

そう呟いた瞬間、第一拠点と第二拠点の陣営を映し出している水晶玉から、何かが崩れ落ちる音が聞こえた。

その音に弾かれたように琥珀と伽羅は水晶玉を見る。

第一拠点と第二拠点、それぞれの地脈の入口から噴煙《ふんえん》が上がっているのが見えた。同時に両陣営に向かってどこからともなく湧いて出た妖が襲い掛かる。

「第一級警戒態勢！　第一部隊、第二部隊はいつでも応援に出られるように準備を」

伽羅が自陣の稲荷と月草の下から来た兵士たちに告げる。その声に全員が即座に動いた。

琥珀は両拠点と、自陣の結界の補助を強めた。

だが、そう時を違えず、両陣営の本結界が破られ、琥珀の補助結界だけになる。

「まずい」

琥珀はさらに結界の力を強めようと空中に呪を描いたが、間に合わず琥珀の結界が解けた。

「……っ、両陣営の補助結界が破られた」

「すぐに結界を張り直すはずです。それを待って直ちに補助……っ」

伽羅が言い終わるより早く、琥珀たちのいる地面に蜘蛛《くも》の巣のようなヒビが入ったかと思うと、突然崩落した。

「――っ！」

結界内にいた陣営の全員が穴状に崩落した中へと落ちる。

何が起きたのかにわかには分からなかった。

石交じりの砂煙で周囲はほとんど見えず、近くにいるはずの伽羅がどこにいるのかすら、分からない。

「琥珀殿っ」

近くで伽羅の声が聞こえ、

「ここだ」

琥珀が答えた時、突然足元に禍々《まがまが》しい呪詛の文様が浮かび上がった。

「なんだ、この文様は……」

見たことがない形式の呪詛で、その内容がまったく分からなかった。しかし、それに気を取られているわけにもいかない。

舞い上がっていた砂などが一旦落ち着き、状況が分かる。崩落した際の瓦礫《がれき》の下敷きになった者が複数いた。

「動ける者は救出を優先」

伽羅が言うが、伽羅の動きも本来よりは鈍い。

「どこか怪我をしたのか?」

心配して琥珀が問うが、

「いえ、そういうわけじゃないです。かすり傷ばかりですし」

確かに無傷ではないが、大きな傷を負っている様子はない。

しかし、明らかに体が重たげだ。

そして異変は伽羅だけではなかった。

瓦礫の下敷きになっているわけでもなく、崩落の衝撃で意識を失ったわけでも、大きな怪我をしているわけでもないのに、まるで地面に縫い止められたように動けない者が多数いたのだ。

中でも顕著なのは五尾以下の稲荷だ。立つこともできない様子だ。

「一体どうしたのだ」

駆け寄り、琥珀が問うが、その稲荷は頭を横に振るのさえ大仰だといった様子を見せ、

「分かりません、ただ、力が入らないのです」

不安に震える声で返した。

——さっきの呪詛か……!

すでに地面からあの呪詛の文様は消えている。

「動ける者はいるか！」

琥珀が周囲を見回しながら言う。

三人いる六尾の稲荷はかろうじて動けそうだが、月草の下から来てくれた兵士も動ける者と、同じように力が抜けて動けない者に分かれていた。

だがそれを疑問に思う間もなかった。

妖たちが一斉に襲ってきたからだ。

琥珀はすぐさま抜刀し、襲ってくるものたちを次々に斬り捨てていく。

伽羅をはじめ動ける者たちも同じく抜刀して敵を倒していくが、多数の動けない者たちを抱えた状況では劣勢に回らざるを得ない。

「伽羅殿、結界を張れるか？　そこに動けない者たちを」

「やってみます……っ」

伽羅は刀を振るいながら、呪の詠唱を始める。時間をかけての詠唱で、強固な結界を張ろうとしているのが分かった。

そして詠唱が終わると同時に伽羅を中心にして結界の環が大きく広がった——が、先ほどの呪詛の文様が作用しているのか、環は半分ほどの大きさにまですぐ狭まった。

「ちっ……」

伽羅は吐き捨てるように舌打ちした。

七尾の全力で張った結界だったのだ。だが、威力が半減している。

「この大きさがあれば動けぬ者を収容できる！　私が敵を足止めする」

琥珀は言うと、太刀に己の力を瞬時に注ぎ込み、そして体を回転させながら注いだ力を一気に太刀から放って敵を薙ぎ払う。

まばゆい閃光に、敵の一部は消え去り、かろうじて姿をとどまらせたものは目くらましを受けたように動きを止めた。

その間に怪我をした者たちを結界内へと移動させる。

だが、徐々に動けるようになったものたちから再び襲い掛かってきた。

「させぬ！」

琥珀は即座に応戦するが、新たな妖がまた次から次へと湧いて出る。ほとんど力のないものたちであっても、数が揃えば手間取る。

第一、第二拠点の様子から察しても、作戦の続行は不可能だ。

全員収容でき次第、退避しなければ。

「あと何人ほどだ！」

敵を斬り捨てながら琥珀が確認する。

「あと五人です！」

収容している兵士から返事があった。

――あと五人なら……。

もうすぐ退避できる、と琥珀がそう思った時、それまでの妖たちとは段違いの速さと重さを持った刀が襲ってきた。

それを咄嗟《とっさ》に刀の峰ではじき返して下がり、間合いを取る。

そこにいたのは黒い髪に赤い目、顔に傷のある男だった。

――あかいめが、たすけてくれたと――

琥珀の脳裏に、千歳がそう言っていたと話したシロの言葉が蘇った。

なぜ、今それを思い出したのか。

ただ『赤い目』だったからだろうか。

しかし、それを考えている余裕はなかった。

かなりの手練れであることは、向き合っているだけで分かる。

どちらから仕掛けるのか、互いに動きを読み合い――パラリ、とどこかで瓦礫の欠片《かけら》が崩れる音がした瞬間、同時に二人は動いた。

赤い目の男の刀が目前に迫る。

琥珀は首を反らして避けるがかすかに頬を刃が掠めた。

そして男の脇腹を狙った琥珀の切っ先は、肉を裂いた感触はあったが、浅かった。

すぐさま二人が次の攻撃に移ろうとした時、

「琥珀殿っ！」

声とともに、伽羅が走り込み、琥珀を突き飛ばした。

あ、と思った瞬間、まったく思いもしなかった方向から黒い炎を纏った球が飛んできて伽羅を襲った。

ぶしゃり、と異様な音がするのと同時に伽羅の体が衝撃で飛び、血飛沫が舞った。

その血が、琥珀にも降り注ぐ。

伽羅の体が、瓦礫の上へと、まるで意思を失った物のように落ちる。

まるですべてがスローモーションのように繰り広げられ――ドサッという、伽羅の体が落ちた音が耳に届いた瞬間、世界が元に戻った。

琥珀は即座に伽羅のもとへと駆け寄る。

瓦礫の上は伽羅の体から流れ出る血であっという間に赤く染まった。

だが、伽羅が生きているのかどうかすら確かめる間もなく、琥珀と伽羅にとどめを刺そうと赤い目の男と、そして黒炎球を繰り出しただろう術者が襲ってくる。

「そなたらだけは許さぬっ！」

琥珀は胸元から一枚の札を出した。

それは、ここに向かう前、白狐から、

『本宮外より助太刀に来てもらったそなたに何かあっては、涼聖殿に合わせる顔がないゆえなぁ。

ここぞという時に使うでおじゃる』

そう言って、渡されたものだ。

白狐の力が込められた術札。

そうやすやすと作れるものではない。札に込められた力は少なくとも一年以上かけて練られたものだ。

だが、ためらいはなかった。

今使わなければ。

「掃討せよ！」

琥珀は言葉とともに術札を放つ。

その瞬間、札から白銀の暴力的なまでの光の渦が放たれ、その無数の光の粒子がすべて矢となり全方向へと飛んだ。

光に視界を奪われた敵は為すすべなく矢に射貫かれる。

その隙に琥珀は、人の姿を保てず狐の姿に戻った伽羅を抱いて、結界内へと走り込んだ。

「全員収容ずみか！」

琥珀の問いに、すぐさま、はい、と返事がされる。

伽羅が張った結界だ。そう持たない。

すぐに退避しなくてはならない。

一番安全な場所。
そう思った瞬間、琥珀の脳裏には一ヶ所しか浮かばなかった。
——龍神殿、お願いします——
呼びかけるのと同時に琥珀はその場所へと退避した。

5

夕方、香坂家の居間のちゃぶ台の上には伽羅が作っておいてくれた料理と、スーパーで買ってきた様々な惣菜が並んで、ちょっとした宴会のようだった。

「この、クリームチーズとかいうものは、なかなかにうまいな。差し入れてもらった辛口の酒が合う」

特に龍神は倉橋が買ってきたオードブルの詰め合わせをつまみに、やはり倉橋が差し入れした酒を楽しんでいる。

「龍神さんは、ワインとかウィスキーとかは飲まないんですか？　ビールは飲むって香坂から聞いたんですけど」

倉橋が問う。

「ワイン…ああ葡萄酒だな。確か、一度飲んだか……？」

龍神はそう言って涼聖を見る。その視線に涼聖は首を傾げた。

「そうだったか？」

「月草と玉響が来た折に、酒を何種類か持ち込んできたであろう」

その言葉に涼聖は軽く記憶をさかのぼらせてから、

「あー…、あの時か……」

思い出して、苦笑いする。

月草と玉響のパジャマパーティーのために、この家の一室を貸し出したことがある。

その時に提供する料理は伽羅が作ったのだが、その料理に合わせていろいろなアルコールが準備されて、その中にワインもあった。

二人が飲まなかったものは、こっちで消費してくれていいということだったので、ありがたくいただいたのだ。

主に龍神が。

そう、何もしなかった、龍神が。

もちろん、涼聖にしてもパジャマパーティーに関しては、診療所があったので何もしなかったわけなのだが、着ぐるみパジャマを着せられるというひと騒動があった。

あとで聞いたところによると、龍神は「力をためておかなければならないから」などともっともらしい理由を述べて金魚鉢の中で居眠りを決め込み、着ぐるみパジャマの洗礼からは逃げていたのだ。

そのくせ、ご自由にとなったアルコール類の大半は、龍神が飲んでいた。

まあ、涼聖もいつ急患が出て駆けつけなければならないか分からないから、ほとんど飲まないので別にいいのだが、正直、ちゃっかりしてるよな、とは思うのだ。

「ワインは飲んでみてどうでした？」

涼聖の様子から何かあったらしいということは察したものの、龍神がワインを飲んだことがあるという確証は得たらしく、倉橋が再度問う。

「飲み慣れぬゆえ、評することができるほどではないが、渋みと酸味がなかなかに面白い酒だったな。また機会があれば飲んでみたいものだな」

「じゃあ、今度、いいのが手に入ったら持ってきますよ。一緒に飲みましょう」

「おお、よいな」

妙に意気投合する二人の様子に、涼聖は複雑な感情を抱いた。

初めて会った時から、倉橋は龍神に対して興味津々だったし、龍神も倉橋を気に入った様子だった。だからこの流れになるのは自然なことだ。

だが、つい、思ってしまうのだ。

倉橋が人ではなく、『ケンゾク』というものになったから、龍神を近しい存在と思い、また龍神も倉橋をそう思うのではないかと。

もちろん、自分の目から見て倉橋が変わったとは思わない。

倉橋は昔のままだ。

だが、いわゆる見えない部分で、そうなのだとしたら――。

「りょうせいさん、どうかしたの？」

不意に陽の声がして、顔を見ると、陽はどこか心配そうな表情で涼聖を見ていた。

「ごはん、たべないの？　どこか、ぐあいわるいの？」

考え込み、箸が止まってしまっていたので、体調が悪いのかと思ったようだ。

それに涼聖は笑顔を作った。

「いや、いろいろあるから、どれを食べようか悩んでた」

そう言うと、陽はオードブルにあったタコスを指さした。

「これ、おいしかったよ」

「そうか。陽のおすすめなら間違いないな」

涼聖は勧められたタコスを取り、口に運ぶ。柔らかな生地の中にタコミートとレタスなどの野菜とチーズが入っていた。

「おいしいな」

涼聖が言うと、陽は「そうでしょう？」と自慢げに言い、シロも頷く。

その様子を倉橋の膝の上で見ていた淡雪が、

「ぁーあっ、あ」

ちゃぶ台の上を叩いて、自分も、と催促してくるが、

「んー、淡雪ちゃんにはまだちょっと早いかな」

倉橋は、スーパーで買ってきたレトルトの離乳食を淡雪の口に運ぶ。

淡雪はまだ皿に残っているタコスから目を離さないが、

「淡雪ちゃんが可愛く食べるところ見せてほしいなぁ」

そう言うのと同時に倉橋が離乳食を載せたスプーンを唇に近づけると、口を開いて食べる。

「見事だな」

感心した様子で龍神は言う。

龍神が直接淡雪と絡んだ回数は、涼聖の知る限りでは多くないのだが、淡雪の暴君っぷりは金魚鉢の中から数々見てきているので、いろいろと思うところがあるようだ。

「ダメな時は、何をしてもダメだったりしますけどね」

倉橋は言いながら、慣れた様子で淡雪にもう一口食べさせる。

「あわゆきちゃんが、はやくおおきくなって、いっしょのごはんたべられるようになったらいいのに」

口をもぐもぐさせる淡雪を見つつ陽が言うと、シロも頷いた。

「あわゆきどののために、おいしいものを、いまからいろいろぎんみしております」

その言葉に倉橋は、

「そうなんだ。淡雪ちゃん、楽しみだね」

淡雪に話しかける。淡雪は口をもぐもぐさせながら、満足そうに手と足をパタパタさせた。

その和やかな様子に涼聖が目を細めていると、バサバサと翼をはためかせる音が聞こえ、庭に視線を向けると椽が降り立ったところだった。

「あ、つるばみさん、かえってきた！」

陽が縁側へ出迎えに行く。

「つるばみさん、おかえりなさい。おしごとおつかれさま」

労う陽の頭を椽は軽く撫でた。

「おう、ありがと。飯食ってたのか」

「うん！　つるばみさんもいっしょにたべるでしょう？　つるばみさんのぶんも、ちゃんとじゅんびしてるよ」

「そうか。じゃあ、食わせてもらうか」

椽がそう言ってそのまま縁側から上がってこようとするのに、

「椽さん、ちゃんと玄関からだよ」

倉橋が言い渡す。

それに、はいはい、と椽は律義に玄関に回り、陽も玄関へ改めて出迎えに向かった。そして二人で居間に入ってきて、本日のメンバーが揃っての夕食になった。

「椽、厄介事は片がついたのか」

龍神が問うと、椽は頷いた。

「ああ。こっちとは逆方向の境界のあたりにある廃墟《はいきょ》に廃墟マニアみてぇのが出入りしてるようでな。そのことでちょっと」

「廃墟マニア、か。ただ入ってくるってだけじゃなくて、妙なことやらかす連中がいるからな。隣の集落の空き家でそういう連中が火事を出して、騒ぎになった」

涼聖が言うと、ああ、と倉橋も頷く。

「空き家プロジェクトの発端になったのって、その火事だよね」

崩落事故の現場を観光気分で見にくる者が一時期、ずいぶんと多かった。その中の一部の者が、空き家に入り込んで火事を出したのだ。

その件があって、集落内の空き家も対策をしたほうがいいということになり、いろいろと対策を練る中で空き家プロジェクトが発足したのだ。

「よまわりもしてるよ。こうたくんとひでとくんがじゅんばんのときに、ボクもいっしょに『ひのようじん』っていいながら、あるいてるの」

さすがに真冬は道が凍結して危険なので行わないが、雪が消えた頃から再び積もるまでの間、週に二度、交代での夜回りは今も続いている。

陽はすっかり夜のお散歩気分で楽しく夜回りに出かけているのだ。

「われも、いちど『よまわり』にいってみたいです」

シロがささやかな願いを口にする。

雪合戦も登校日のドッジボールも、動画で見るだけでも楽しいが、参加ができなくても実際にその場で見られたら、もっと楽しいだろうと思うのだ。

だが、無理なことも分かっている。

人に見られてはいけないのが、自分のような存在だからだ。

しかし、

「シロくんなら、陽くんのカバンやポケットに入って行けば気づかれないんじゃない？　夜ならなおさら」

倉橋はそう言って、涼聖に視線をやった。

「香坂は、どう思う？」

その言葉に、陽とシロの視線も涼聖に向く。

「確かに……夜なら気づかれにくいかもしれない」

期待のこもった眼差しに負けたわけではない。シロの大きさなら陽がお出かけの時に持っていく肩掛けカバンの中に入っていけば気づかれることはないだろう。

「じゃあ、シロちゃん、いっしょにいけるね！」

陽は手放しで喜ぶが、シロはそれでも少し不安げで、

「ほんとうにだいじょうぶでしょうか……」

万が一のことを考えているらしいのが分かる。

「心配であれば、我が人に気づかれぬよう術をかけてやろう」

龍神はそう言ったがすぐに、

「まあ、心配せずとも、こうして割合長くともに過ごしていても、油断をすればどこにいるのか分からなくなるほど、そなたの気配は薄いゆえ、気づかれることはない」

と付け足した。

そう、シロは存在感が薄い。

そもそもが「座敷童子のなりかけ」で、付喪神《つくもがみ》になりかけていた金魚鉢――現在の龍神のメイン住居である――が一度割れた際、その付喪神になりかけていた金魚鉢の力とどういうことか合わさってしまい、今のシロが形成されているのだ。

そのせいなのか、何なのか分からないが、シロの気配は薄く、以前よりは存在を意識するようにしているのでかなりマシになったが、目の前にいても結構な時間気づかない、ということも未だにある。

シロは龍神の言葉に、

「たしょう、ひっかかりをおぼえるぶぶんもありますが、いざというときにはおせわになるので、ふもんにしておきます」

気配が薄いことをディスられた気分になったようだが、気配が薄いのは事実だし、将来的に世話になる可能性を考えて、流すという大人の対応をすることにしたらしい。

さも許してやる、と言わんばかりのシロの様子がおかしくて、龍神を含め、大人組は笑い、それから和やかに夕食が再開される。

倉橋は車の運転があるので、ノンアルコールビールだが、代わりに、やって来た橡が龍神とほどよいペースで酒を飲んでいる。

琥珀もああ見えてそこそこイケる口だし、伽羅が深酒をするような場面に出くわしたことはないが、正月など、ゆっくりできる時は結構飲んでいるので、神様たちはみんな酒に強いのだろうと涼聖は踏んでいる。

そのまま八時前まで、何かしらしゃべって飲んで食べてと時間を過ごし、料理が全部空になったのでお開きになった。

「じゃあ、おやすみなさい」

「おやすみなさいませ」

倉橋の車に乗り込んだ三人——倉橋と、橡と、淡雪だ——に、陽とシロが挨拶をする。

「おやすみ、陽くん、シロくん」

倉橋が返すと助手席から橡も軽く手を振った。

淡雪は後ろのチャイルドシートで、ぶら下がっているモンスーンのマスコットを叩いて揺らすのに夢中だった。

「じゃあ香坂、今日はありがとう」

同じく見送りに出ていた涼聖に倉橋は続け、

「いえ、こちらこそ。気を付けて帰ってください」

涼聖がそう返すと、倉橋は軽く笑って、車を動かした。

前の坂を下りていくのを見えなくなるまで見送り、三人で家の中に戻ってくると、

「じゃあ、陽、シロ、風呂に入ろうか。入る準備してこい」

涼聖が促すと二人は陽の部屋へ、着替えのパジャマや下着を取りに向かう。

台所では食洗器が稼働中で、居間では龍神が何やら本を読んでいた。

「おまえ、何読んでんだ？」

「アガサ・クリスティー……推理小説だな」

「そんなの、いつ仕入れたんだよ」

金魚鉢の中で寝ているのが常だし、本を買いに行くような状況はなかったはずだ。

「留守居中は暇になるゆえ、伽羅から借りた」

そう言われて納得する。

基本伽羅の愛読書は奥様方御用達の料理の月刊誌なのだが、時々、古書店で推理小説を買っているのを知っていた。

誰が犯人か、トリックはどういうものか、を考えながら読み、予想が当たっていたら勝った気分になるらしい。

寿命が数百年単位の龍神が読んでも楽しいものなのか少し謎だったが、考えてみれば陽たちの

大好きなモンスーンも同レベルで楽しんでいるのだから、大丈夫なのだろう。

「おまえは、これを読んだことがあるか？」

聞かれてタイトルを見ると「オリエント急行の殺人」だった。

「読んでないけど、映画版は見た。富豪の男に脅迫状が届いて、オリエント急行の中で殺されてたってやつだろ？」

「ああ、そうだ。知ってるなら、読み終えるまで絶対に犯人は言うなよ」

ネタバレが嫌いな龍神は涼聖に念押ししてくる。

「安心しろ、そこまで詳しく覚えてない」

涼聖がそう言った時、着替えを持った陽とシロが部屋から出てきた。

「準備できたか？」

「うん」

「じゃあ、風呂、入ってくる」

涼聖が言うと龍神は、ああ、と返してから再び本に目を戻した。

陽やシロと風呂に入るのは、さほど珍しいことではない。

診療所のある日は時間的に難しいが、休みの日は涼聖か琥珀のどちらかが一緒に入る。

とはいえ、陽もシロも基本的に自分のことは自分でできる——シロは頭のてっぺんに手が届きづらいので髪を洗うのを手伝ってやるが——ので、一緒に入るといっても世話をそこまで見なくてはならないわけではない。

洗い残しや、泡の落とし残しがないか気を付けてやるのと、あとは湯船で溺れたりしないかを見てやるくらいだ。

「じゃあ、最後にもう一回浸かって、ゆっくり温まるぞ」

涼聖の言葉で陽が湯船に入る。涼聖は洗面器に湯船のお湯を入れ、その中にシロを浸からせてやり、その洗面器を湯船に浮かべて、三人で浸かる。

「りょうせいさん、こはくさまときゃらさん、おそいね」

湯船に浸かってすぐ、陽が言った。心配しているというよりも、事実をそのまま言った、という感じだったので、

「そうだな。忙しいのかもしれないな」

涼聖も軽くそう言うにとどめる。

「おやすみのひなのに、おしごとで、おつかれになってもどられるのではないでしょうか」

シロも洗面器の中から気遣うように言う。

「そうだなぁ」

「じゃあ、ボク、ねるまえにこはくさまがかえってきたら、いっぱいおかた、たたいてあげようっと。ねちゃってたら、あしたのおひるごはんのあと！」

陽はすぐに自分でやれる「疲れた琥珀のためにできること」を口にする。

「では、われも、きゃらどのの、てのツボをおしてさしあげたいです」

と、シロも続ける。

「本当におまえらは優しいな」

涼聖が褒めると、二人は顔を見合わせて笑いあった。

風呂を出て、髪を乾かしたり、歯を磨いたり寝支度を終えて居間に行くと、龍神はまだ本を読んでいた。

残りのページ数から見て佳境のようだ。

「りゅうじんさま、おやすみなさい」

「りゅうじんどの、おやすみなさいませ」

陽とシロが挨拶すると、本から目を離し、

「ああ、よく眠れ」

と返したが、またすぐに本に目を戻す。

陽の部屋に入り、一緒に布団を敷いてから、絵本を選んでの寝かしつけタイムである。

陽とシロは三冊の絵本を選んだ。

「どれから読む？」

涼聖が問うと、陽とシロは一緒に一冊の本を指さし、

「『いっすんぼうし』」

声を揃えて言う。

「わかった。じゃあ、読もう。はい、布団に入って。シロも部屋のベッドに入ろうか」

陽は布団の中に入り、シロはカラーボックスの中に設えられている自分の部屋のベッドに向かった。

涼聖が絵本を開き、読もうとしたとき、

「あさ、おきたら、こはくさま、かえってきてる？」

陽が聞いた。風呂の時とは違い、少し寂しさが透けて見えた。

「多分な。そうじゃなかったら、明日、診療所を開けられないだろう？」

そう言うと、

「あっ、そうか。こはくさまがいないと、しんりょうじょたいへんだもんね」

陽は納得したように返してきた。

その陽の頭を軽く撫でてやり、涼聖は絵本を読み始めた。

「昔々、あるところに、子宝に恵まれない夫婦がおりました……」

二冊目は桃太郎で、桃太郎がお供を揃える頃には陽は寝息を立てていた。カラーボックスのほうに目をやったが、シロの様子はよく分からなかった。

とりあえず桃太郎を読み終えると、絵本を本棚に戻すついでにそっとシロの様子を窺う。

するとシロも眠っている様子だったので、涼聖は居間に出てきた。

本を読んでいたはずの龍神は、新しい酒――留守居役の前報酬として受け取ったらしい――と伽羅が作り置きしていった肴《さかな》を出してきて、飲んでいた。

「夕飯の時も飲んでただろうが」

「これは別腹だ」

さらりと龍神は返してくる。

「ケーキは別腹ってのはよく聞くが、酒で聞いたのは初めてだよ」

涼聖はそう言うと一度台所に向かい、そこでお茶を淹れて戻ってきた。

「琥珀たち、遅いと思わないか」

座りながら、涼聖は呟くように言う。

陽には、朝には戻ると言ったが、そんな確証はまったくないのだ。

妙に不安で仕方がない。

「戦勝祝いの宴にでもなって、中座ができぬのやもしれんぞ。もしそうなら、きっとうまい酒が出ているだろう。留守居役にも祝儀をはずんでもらわねばな」

龍神は言いながら手酌で酒を注ぐ。

全然気にした様子もなく、どうやら自分が心配しすぎているだけのように思えた。

涼聖は一口、お茶を飲んでから聞いた。

「龍神、ちょっと聞きてえことがあるんだけど、いいか？」

「なんだ？」

「『ケンゾク』ってもんの話なんだけど」

涼聖の問いに龍神は面白そうに目を細めた。

「ほう？　おまえがそのような言葉を知っているとはな」

「いや、どう書くのかとか、そういうのはわかんねえんだけど」

涼聖の言葉に、龍神は茶簞笥の引き出しから、陽が使っている落書き帳と鉛筆を取り出した。

そして、その中から一枚拝借すると、そこに「眷属」と書いて見せる。

「こう書くな」

「おまえらでも、その眷属ってのを持つってことはあんのか？」

「あるにはある。我は持ったことはないが」

その返事に、

「好きになった奴がいないってことか？」

涼聖が問い返すと、龍神は首を傾げた。

「好いた者がいるのと、眷属を持つのは別だぞ？」

「え？　そうなのか？」

思ってなかった返事に涼聖は少し驚く。

「ああ。眷属というのは好いた相手というわけではない。そうだな、自分の下で仕える者といえば分かりやすいか？」

「部下、みたいな？」

「まあそうだな。同族以外で手下として使役する者を眷属化することが多いな」

龍神はそう言って酒を飲むと、

「……おまえの言う好いた相手云々ではないが、単に見目良く麗しいからそばに置きたいと思うのならば、『贄』で充分だろう」

新たな言葉を出してきた。

「にえ？　生贄の『にえ』か？」

問う涼聖に龍神は頷く。

「昔話で、龍神に生贄を捧げる、などという話はよくあるだろう。気に入れば不老にしてその者の寿命の内は存分に愛でるし、そうでもなければ下仕えとして雑用を任せるのでな」

「気にいられなかったら、なんか不憫な気がするんだが」

涼聖が少し眉根を寄せると、龍神は少し笑った。

「生贄に捧げられるような者は、大抵、その集落で立場の弱い者だ。身内をなくして一人になってしまった者や、困窮している家の者などだな。身内のいない者なら反対する者もいないからこれ幸いにと捧げられるし、困窮している家ならば、生贄を出してくれれば残りの家族の保護を約束する、というような形だ。そういった者たちがどういう暮らしをしていたかは、想像がつくだろう？」

「まあな……。けど、例えばうちの集落なんかだと、そういう人がいても支え合うっていうか、そうやってなんとかうまく行きそうな気もするんだが」

年寄りが多い集落だからこその助け合いや支え合いのようなものが生まれたのかもしれないとも思うが、それだって一朝一夕で生まれるものではないだろう。

きっと昔からそうだったと思うのだ。

「平時であれば、そうだろうが、生贄を捧げようなどという発想になるのは、戦や飢饉で集落全体が食い詰めている時が多い」

「あー…、そうだよな。困った時の神頼みって言うもんな」

追い詰められた時、人は時として理性を失う。

それで起きた惨劇は、歴史上数多くある。

「そういうことだ。下働きと言っても、衣食住完備、過酷な労働などは我の知る限りではさせてはおらぬ。料理、洗濯、薪割り、掃除……まあおよそ、暮らしていくのに必要な仕事をしてもらっていただけだ。人界で言うところの『あっとほぉむな職場』だぞ？」

おそらく新聞に折り込まれている求人広告でも見たのだろうというのが分かる龍神の言葉に、涼聖は苦笑する。

「じゃあ、生贄っつっても悪い意味じゃねえのか？」

「人界の者がどう感じるかはわからぬし、他の神族や同じ龍神族でも、他の者が贄をどう扱っていたかは分からぬ。あくまでも、我はそうしていた、というだけのことだ。あまりに心根の悪い酷い者を厄介払いを兼ねて送ってきた時には、逆に罰を与えることはあるがな」

「まあ、確かに、あんまり酷い奴を送ってこられても困るよな」

「そういうことだ」

龍神はそう言ってから、涼聖を改めて見た。

「眷属にして欲しいのか？」

「なんで俺がお前の眷属になりてえって思うんだよ……」

涼聖は即答してから、自分の話として気取られないように、

「倉橋先輩が、橡さんの眷属になったって聞いて……気になったんだ」

倉橋の件を持ち出した。

「ああ、あの者か。あれは嫁だろう。眷属の中でも位が高い」

「そうなのか？」

「嫁ともなれば、人の理を抜け、生涯を相手とともにする」

「先輩もそう言ってた。なんか、年を取らなくなってるって」

「よく覚悟したものだと思うぞ。……人の理を抜けるということは、転生が叶わなくなるということだからな」

「転生？」

問い返した涼聖に龍神は頷いた。

「人は、生まれ変わる。その回数は人によって違うが。人の理から抜けたゆえ、転生はできぬ。烏天狗が力をなくし、消滅する時、あの嫁も魂ごと消滅する。それが定めだ」

思った以上に重い話で涼聖は言葉を失った。

倉橋の言葉からはそこまでのことは分からなかったからだ。

単純に、橡が死ぬ時に倉橋も死ぬ、というようなことくらいしか、聞かなかった。というか『人の世界から外れる』ということの意味を、涼聖が聞かなかったのだ。

「なあ、贄と眷属ってのは……」

もう少し詳しく話を聞こうとした時、龍神が目を眇《すが》め、持っていた盃を乱暴にちゃぶ台に置いた。

盃に入っていた酒が勢いで零れたが、それを気にする様子もなく、龍神は立ち上がると、縁側から庭へと走り出た。

そして空に向かって指で何か文様を描いた瞬間、生木を裂くような大爆音の、雷鳴にも似た音が響き渡った。

あまりの音に涼聖が反射的に一瞬目を閉じ、次に開いた時には庭に大勢の人がいた。

「え……！」

何が起きたのかと涼聖が縁側に向かうと、そこにいる人たちは、全員が全員、土埃まみれで、怪我をしている様子の者も多かった。

中には耳と尻尾が出ている者たちもいる。

――え…、なんだ？　どういうことだ？

突然のことすぎて涼聖には何が起きたのか、まったく理解ができなかった。

その中、龍神が歩き始め、涼聖も急いで縁側の踏み石に置いてあるつっかけを履き、そのあとを追った。

龍神の向かう先には、琥珀がいた。

両膝をつき、後ろ姿だったが涼聖が見間違えるはずがない。

「琥珀！」

急いで駆け寄ると、琥珀は一匹の狐を抱いていた。毛並みは血に塗《まみ》れ、生きているかどうかすら分からぬほどにぐったりとしていた。

「琥珀、まさかそれ……」

「伽羅め、無茶をしおって。我の守りを早々に発動させるとは」

龍神はため息を一つつくと膝をつき、琥珀が抱いている狐姿の伽羅の上に手をかざした。

龍神の手から柔らかな光が放たれ、それが伽羅を包み込むように円を描く。

「私を庇って……」

答える琥珀の声が震えていた。

「生きておるゆえ、心配はするな。寝かしておけばよい」

そう言って龍神は立ち上がる。

「琥珀、一体何があった……」

問う涼聖を、

「聞きたいことはいろいろあるだろうが、今はこの者たちの治療が先だ」

龍神が止める。

「……俺にでも、できることはあるのか」

彼らは人ではない。

そんな彼らにできることがあるのか、不明だった。

「とりあえず魄の治療が必要な者はお前に任せる」

龍神の言葉に涼聖が頷き、診察カバンを取りに戻ろうとした時――、

「こはくさま……」

陽の声がした。

その声に視線をやると、縁側に陽と、そしてその肩にシロがいた。

あの雷鳴にも似た爆音で起きてしまったのだろう。

今の香坂家の庭は、野戦病院のような惨状だ。

血の匂い、うめき声、幼い陽に見せていい光景ではなかった。

「陽、寝てこい」

涼聖は言ったが、陽は庭の光景を見渡すと自分のつっかけを履いて庭に下りた。

「陽！」

涼聖は止めたが、

「陽の好きにさせておけ。部屋に戻したところで眠れんだろう」

龍神が言う。

「まだ子供だぞ！」

「子供でも、稲荷となる者だ。人の子供とは違う」

龍神のその言葉に、涼聖は線引きをされたような気がした。

子供であっても、稲荷となる者。

大人であっても、人。

涼聖の視線の先では陽が怪我をした兵士の傍らで、

「いたいの、いたいの、とんでけー。いたいの、いたいの、とんでけー」

怪我をした場所に手をかざして一生懸命唱えているのが見えた。

「涼聖、そなたも急げ」

その言葉に、涼聖は急いで部屋に向かうと診察カバンを取って戻ってきた。

そして外傷のある者たちを順番に診ていく。

多かったのは擦過傷に打撲や挫傷だ。

中には何かにかみつかれたような痕のある者、刃物で切り付けられたような傷の者、骨折などもあったが、伽羅ほどの酷い状態の者はいない様子だった。

「涼聖、その者には近づかぬほうがいい」

順番に様子を見て回りつつ、怪我の状態によってはその場ですぐに治療をする中、耳と尻尾を出している稲荷に近づこうとした時、龍神が止めた。

「え……?」

「呪詛を食らっている。簡易的な祓いの最中だ。おまえが呪詛に食われれば命がないぞ」

「けど、怪我が」

大きな刀傷を負っていて、出血も多そうだ。

意識はあるが顔色が悪い。

「祓いが終われば我が見る。赤い札を持っている者には、おまえは近づくな。陽、シロ、おまえたちもだ」

龍神の言葉に、陽とシロは返事をした。

涼聖は立ち去りがたかったが、その稲荷は涼聖を見て、ただ頷いた。

それに涼聖は後ろ髪を引かれる思いをしながら、他の兵士を診に戻る。

治療の優先順位を決めるトリアージの訓練は何度も受けた。

だが、実際にトリアージを必要とするような状況には、幸い当たることはなかった。

とはいえ、それに似た状況はいくつもあった。

複数の患者が同時に救命に運び込まれた時などは、先に運び込まれていても程度が軽ければ応急処置をして待ってもらうことも多かった。

それは日常的に行われていたのだ。

医者としては、「普通」のことだった。

今でも、先に診なくてはならない症状の患者が来れば、優先して診察をして処置を行う。

あの稲荷が、自分の手に負えない状況なら、他の怪我人を診るのが、処置としては正しいことも分かっている。

だが、どうしても腑に落ちないものがあった。

その理由が、長く戦場のような救命を離れて、妙な感傷を感じるようになってしまったからなのか、それとも別の理由なのかは分からない。

そこまで考えて、涼聖は一度軽く頭を横に振った。

今はそれを考える状況ではない。

目の前にいる怪我人を診るのが先決だ。

「少し怪我をしているところを診せてもらいますね」

そう声をかけて、怪我の様子を診ながら、涼聖は医者としての仕事を全うすることだけを考えるようにした。

## 6

翌日、休み明けのはずなのに、診療所では涼聖も琥珀も、かなり疲れた様子だった。

休日前よりも疲れているような二人の様子に患者たちが気づかぬわけがなかった。

「琥珀、これで頼む」

診察を終え、処方した薬をトレイに準備し、琥珀に渡す。

「分かった」

琥珀がそう言って受け取ったタイミングで涼聖は一つあくびをした。

「今日は先生も琥珀ちゃんも、ずいぶん疲れとるねぇ」

「お休みの日にお出かけして疲れたんかいね」

心配しているというよりは、遊び疲れでもしたのだろうと思っている様子で、待合室の患者が問う。

「ちょっと寝不足なんですよ」

涼聖が苦笑しながら言うと、

「あら、あら」

「もしかして、昨夜の雷で?」

寝不足という言葉に思い当たった様子で一人が言う。

そして「雷」というキーワードに、

「昨夜のあれはすごかったなぁ」

「どこに落ちたんじゃろ？　近かったみたいじゃけどねぇ」

「雨も降っとらんかったのにねぇ」

口々に声が上がる。

どうやら、昨夜のあの雷にも似た大音響は香坂家限定で聞こえたというわけではなく、集落にまで届いていたようだ。

「雷の時は、まだ俺たちは起きてたんですけど……陽はあれで起きてしまって。そのあとちょっと落ち着いて寝るかってなった時にゴキブリとムカデを見つけちゃったんですよ。ゴキブリはまだしも、ムカデは刺される可能性があるから退治するまで安心して眠れなくて、それでひと騒動あって寝るのが遅くなって」

涼聖が準備していた嘘をつくと、待合室の患者たちは納得したような顔をした。

「ムカデは、刺されるとえらいことになるからなぁ」

「先生のとこは山に近いから、ムカデも蛇もぎょうさん出そうじゃもんねぇ」

そう言う彼らに涼聖は曖昧に笑ってごまかすと、

「じゃあ次は上山《かみやま》のおじいちゃん、診察室にどうぞ」

次の患者を案内して、診察室へと戻る。

昨夜は、あのあと一時間ほど、応急処置をして回った。

陽もずっと起きて、怪我をした患者を励まし続けていた。

それが終わりを告げたのは、突然やってきた本宮からの八尾の遣いだった。

「来るのが遅くなり、申し訳ありません。琥珀殿がどこに向かわれたか、なかなかつかむことができず……」

詫びを入れてから、周囲の様子を見渡す。それに答えたのは龍神だった。

「いや、我も妙なものが追えぬよう結界を強めていたのでな。落ち着いてきたゆえ案内をやろうと思っていたところだ」

現れた龍神に、八尾は驚いた顔をする。

「お初にお目にかかります、龍神殿。此度は御手を煩わせたご様子、申し訳ございません」

その様子から、やはり龍神というのは高位にいるものなのだと改めて思った。

「構わぬ。琥珀や伽羅は身内のようなもの。その者の危機とあらば、我の力の及ぶ限りは手を尽くすのが道理」

龍神はそのまま怪我人の説明を始めた。

「魄の応急処置はそこの医者が。呪詛を受けておる者や急ぎ回復の必要な者は我と琥珀で対応したが、琥珀に無理もさせられぬし、我も属す神族が違うゆえ、一時的な処置に留まっているが、皆、様子は安定しておる」

「ありがとうございます」

「連れ帰るのであろう？」

「はい。月草殿の下よりお越しくださった方々も、いったん本宮にてお引き取り致します」

八尾のその返事に龍神は頷いたあと、

「伽羅の怪我が重い。よろしく頼む」

そう言って、龍神の作った淡く光る透明な繭《まゆ》のようなものの中で、変わらずぐったりとしている伽羅に目を向ける。

伽羅の様子を見た八尾は息を呑んだ。

「……しかと」

八尾の言葉に龍神は頷く。

「では、皆様をこちらにお引き受けいたします」

八尾がそう言った時、他の怪我人のもとにいた陽が、たたっと八尾に走り寄ってきた。

「きゃらさん、げんきになりますか？」

気丈に他の怪我人たちを励ましていたが、ずっと伽羅のことが心配だったのだろう。

声が震え、見る間に涙が目に浮かんでくる。

「大丈夫ですよ。必ず元気になって、こちらに戻っていただきますから……しばらく、待っていてください」

八尾は少し腰を折って、陽に目線を近づけて言う。

それに陽と、陽の肩に乗っているシロは頷いた。

八尾は軽く陽と、それからシロの頭を撫でて姿勢を正すと、

「後日改めて、白狐様より遣いの者が参ります。では、私はこれにて」

八尾がそう言い、軽く指先を唇に当てて何か呪文のようなものを唱えた。庭にいた稲荷や兵士たち全てが光の粒に覆われ、そして八尾が消えるのと同時に、全員の姿が消えた。

「……一段落、だな」

龍神はそう言ってから琥珀に目をやった。

「傷はそこだけか？」

頬の傷にそっと触れる。

琥珀は頷いた。

「この程度の傷なら問題ないが、見える場所ゆえ消しておこう」

そう言うと、ふっと息を吐いた。

それと同時に琥珀の傷が消える。

「……かたじけない」

琥珀が言うのに、

「造作もないことだ」

龍神は返し、陽とシロに目をやった。

「そなたたちも疲れただろう。もう大丈夫だ、眠りに戻るぞ」

その言葉に陽は琥珀を見た。

聞きたいことがいろいろあるのはよく分かった。だが、

「琥珀は今から身を清めねばならん。それを待っていてはおまえたちが眠るのが遅くなる。我が昔話を読んでやるゆえ」

龍神が言うのに陽は少し間をおいてから頷いた。そして、

「こはくさま、りょうせいさん、おやすみなさい……」

少し俯き加減で言うのに、

「ああ、おやすみ」

「おやすみ、陽」

琥珀と涼聖は返す。

陽は龍神に手を引かれて、家の中へと戻っていった。

庭には涼聖と琥珀だけになったが、

「……とりあえず、風呂、入ってこい。風呂、空にしちまってるけど十五分もあれば湯が張れるから」

涼聖は琥珀にそう言った。

何しろ、琥珀の着ている装束は血まみれで、髪にも土埃がついていた。

琥珀はしばらくの間黙っていたが、

「そうさせてもらう……」

そう言うとゆっくりと家へと歩き出した。

その後ろ姿に、涼聖はどう分類していいか分からない感情がこみ上げてくるのを感じた。

聞きたいことはいろいろある。

言いたいこともいろいろある。

けれど、少しも考えがまとまらない。

今、口を開けばどうにもならないことまで言ってしまうのは明らかで、結局涼聖はそのあと、琥珀と顔を合わせないまま自室に戻った。

とはいえ、簡単に眠れるわけもなく、最後に時計で見た時刻は三時を回っていた。


「陽、起きてきたか」

十一時前になって、診療所の二階で寝ていた陽が起きて待合室に顔を出した。

今朝、いつもの時刻に起こしたものの、あからさまに寝不足な様子で、朝ご飯の時にも眠たげだった。

家に置いてくることも考えたのだが、当の陽が一緒に診療所に行くと言って聞かなかったので連れてきたのだが、眠気には勝てず、今日は午前の散歩は諦めて、二階で寝かせることにしたのだ。

「いっぱいいねちゃった」

受付の中にいる琥珀に言う陽は、屈託なく笑う。

寝不足なだけではない。

昨夜、陽は「いたいのいたいの、とんでけ」と言いながら無自覚に力を使って、怪我をした者たちをわずかではあるが癒していたのだ。

それで疲れてしまっていたのだが、眠って回復したようだ。

「あら、陽ちゃん今日はお散歩お休みだったの？」

てっきりいつも通りに集落のお散歩パトロールに出たと思っていた患者が陽に聞いた。

「うん。すごくねむたくて、おにかいで、ねてたの」

「あら、そうだったの。琥珀ちゃんたちも眠たそうだものねえ」

患者が入れ替わって、涼聖の話を聞いた患者たちはもう全員が帰っている。

涼聖と同じことを話そうかと思ったが、

「昨夜の雷で陽も起きてしまったゆえ」

琥珀が自分のことも交ぜて陽の寝不足の理由を伝えた。

「ああ、あの雷ね。すごかったわねぇ」

と、勝手に納得してくれるのに琥珀は安堵する。

「おひるからは、おさんぽいくよ。きょうはね、かわぞいのところをいくの」

陽は待合室の空いている椅子に座って患者と話し始める。

「そう、川のところを行くのね」

いつも通りの陽に琥珀はホッとしながらも、昨夜のことについてきちんと話さねばならないと思う。

いや、陽よりも先に、涼聖に説明しなくてはならない。

危険は、ないはずだった。

何が起きたのか詳細に関してはまだ何の連絡もない。

本宮側でも、分析中なのだろう。

――少なくとも、私のいた陣営で命を落とした者はいなかった。それが救いか……。

そうは思ったが、自分を庇い、命を落としかけた伽羅のことを思うと、胸が痛んだ。

◆◇◆

夜の診療を終え、三人は家に戻ってきた。

玄関の灯りはセンサー式になっているので、暗くなると自動点灯するようになっているが、いつもは明るくなっているはずの居間や台所の灯りは消えたままだ。

――伽羅がいない。

その不在を、まざまざと感じた。

「……きゃらさん、かえってくるよね？」

陽がポツリと聞いた。その表情からは寂しさが見て取れた。

伽羅は、香坂家のゆるぎない主夫だ。

いることが当たり前になっていた。

戻れば迎えに出てくれるのが普通で――もちろん、伽羅の不在はこれまでにも何度かあった。

だがそれは、いつ戻るかがはっきりと分かっていた。

しかし、今回は違う。

あんな状態の伽羅を見るのは陽は、初めてだっただろう。

涼聖にしても、あそこまでの状態の伽羅を見たのは初めてだ。

「大丈夫だ。怪我の治療をするために本宮に戻ってるだけだから……元気になったら帰ってくる。

琥珀だって、本宮で治療を受けてこうやって戻ってきてるだろう？」

涼聖が具体的に説明をすると、陽は納得したようだが、まだ不安はあるようで琥珀を見た。

その陽に、琥珀は頷く。

「涼聖殿の言葉通り、怪我が治れば伽羅殿は戻ってくる。夕刻に、本宮から連絡があったが、十日ほどで戻ってこられるようだ」

「ほんとうに？」

確認してくる陽に、

「ああ、本当だ」

琥珀が返事をすると、ようやくほっとしたような顔を見せた。

「伽羅が帰ってくるまで、家のこととかちょっと大変だけど、頑張ろうな」

涼聖がそう言い、玄関の扉を開けると、暗闇の中、

「おかえりなさいませ」

ささやかな声がし、見てみると、シロが出迎えてくれていた。

「シロ、暗い中で待ってたのか？　龍神は？」

涼聖が驚いて問うと、

「われのしんちょうでは、いささか、でんげんにてがとどかず……。りゅうじんどのはさすがにおつかれで、おふろばでおやすみになりました。みょうなものがはいりこまぬよう、つよいけっかいをはってくださいましたので、あんぜんにもんだいはないのですが」

シロが説明する。

確かに龍神は琥珀たちが出かけてからずっと人の姿を保って家を守ってくれていた。

龍神の燃費がどの程度か分からないが、昨夜もいろいろ力を使ったようだし、疲れたというのは本当だろう。

「そうか。暗い中、怖くなかったか」

涼聖は言いながら電気をつける。

「きなこどのがともにいてくれましたので」

シロの返事に納得した。

きなこは猫だ。夜目が利くので、何かあってもきなこに頼れば大丈夫なのだろう。

「それならよかった。留守番ありがとうな」

涼聖は礼を言ってから、家に上がる。

そして居間や台所の電気をつけながら洗面所に向かい、三人でまず、手洗いをすませる。

「そういえばシロ、おまえ、風呂はどうした?」

陽の肩に座っているシロに涼聖は聞いた。

「ゆうこく、りゅうじんどのが、せんめんきにおゆをじゅんびしてくださったので、それですませました」

「そうか。陽も診療所で風呂をすませてきてるから、二人とももう眠れるな」

確認するように言ってから、涼聖は視線を琥珀に向けた。

「琥珀、陽とシロの寝かしつけを頼む。その間に俺は夕飯の準備……あ、シロ、おまえ夕飯は？」

「りゅうじんどのが、れいぞうこからのこりものをだしてきてくださったので、それでいただきました」

そう聞いてほっとするのと同時に、伽羅がいることでこの家が潤滑に回っていたことに改めて気づいた。

「じゃあ、琥珀、二人を寝かしつけてくれ」

涼聖が再度言うと、琥珀は頷き、陽とシロを連れて部屋へと向かった。

涼聖は食事の間に風呂を沸かしておこうと風呂場に入ったところで、水の張った湯船でちんまりとタツノオトシゴがふよふよと浮いているのを見て、少し脱力しながらも一旦、居間に戻り、金魚鉢を持ってきてそこに龍神を移した。

——風呂場で寝てるって、シロ、言ってたな……。

金魚鉢を居間に戻し、風呂のガスをつけ、台所で食材の中からすぐに食べられそうなものを使って料理をする。

伽羅に言われて購入してきた食材はいろいろあるが、調理を前提とした食材が多い。

「玉子焼きと……ウィンナー焼くか。あと、漬物…」

野菜が足りないのが気になるが、時間がないので、とりあえず腹を満たすだけのものですませるしかない。

調理――とも言えないが――を終えて、二人分の食事を居間に運んでしばらくすると、琥珀が陽の部屋から出てきた。

「今日はずいぶん昼寝っつーか、朝寝？　してたから、寝付くのに時間かかるかと思ったけど、そうでもなかったな」

涼聖が言うと、琥珀は頷いた。

「ある程度習慣づいていることでもあるし、診療所で寝ていたのは、昨夜の足りぬ分なのであろう」

「そんなもんか。……簡単なもんしかないけど、食おうか」

涼聖が促し、互いに食べ始めた。

静かな――静かすぎる夕食は、どこか気づまりだったが、涼聖は何を話していいのか分からなかった。

昨夜のことについて、聞きたいことはいろいろある。

だが、それを切り出すのが今のタイミングでいいのか分からなかった。

琥珀から話してくれるのを待つほうがいいのだろうとは思っている。

ただ、いつまで待てばいいのかが分からない。

もちろん、自分が「聞きたい」というだけで無理に聞き出そうとするのはよくないというのも分かる。

いろいろ考えた上で、涼聖は、

「伽羅のことで、本宮から連絡があったんだな」

帰ってきた時に陽に説明する際、琥珀が言っていたことに軽く触れて様子を窺った。

「ああ。心話という方法で、直接」

「あいつ、どんな様子だって？」

「意識は戻っているらしいが、治療のために強制的に寝かせた状態にしていると。……私も本宮にいた時は、そのような処置がとられていた」

琥珀が言う。

回復には力を使う。なのできちんと休ませておかねばならない。そのための処置だということは分かった。

「そうか……。でもあれだけの怪我をしていて、十日で戻っても大丈夫なのか？」

彼らがいくら人とは違うといっても、十日というのはあまりに短い期間に思えた。

琥珀が戻るまでに何ヶ月もかかったことを思うと余計のこと。

「完全に元の伽羅というわけにはいかぬと思う。……尾も、減らしていたゆえ。だが、ここで日々のことをこなすのに支障がない程度であれば、戻っても問題ないと白狐様はお考えなのだろうと思う。伽羅自身も、そう長くここを離れることを、好まぬだろうし」

「まあ、早く帰ってきてくれる分には、ありがたいけどな……」

そう言ってから、涼聖は、

「伽羅がいねえ間、あいつが守ってる領地は危なくないのか？　集落も……敵が襲ってくるようなことは？」

続けて聞いた。

涼聖自身は、ここに敵が襲ってきたとしても、ある程度仕方がないと覚悟はしている。

琥珀が神様だと分かっていて、そばにいたいと願ったのは涼聖なのだ。

それで起こる様々なことは受け入れると覚悟をしてきた。

だが、集落の人たちは違う。

何も知らず、ただ穏やかに日常を過ごしているだけだ。

彼らに禍が降りかかるようなことだけは、避けたかった。

「伽羅の領地に関してはすでに本宮から助力が。集落についても、祭神殿《さいじん》に今回の件の報告がなされ、本宮側と協議の上で新たな守護結界が張られた。……それに、こちらの世界では『妖』たちは弱体化するゆえ、あちらで起きたような事態はないと思っていいだろう」

「弱体化？　なんでだ」

「人界は物質世界だ。この物質世界で実体を持ち存在できるものは限られる。あちらにいた大半はこちらでは実体化できぬ雑魚だ。数で押すやり方はできぬだろうし、実体化できるものも不用意に仕掛けてくるとは思えぬ」

琥珀はそこまで言うと、思案顔になる。

「……無論、私や伽羅を追って敵が来ぬとは断言できぬが……龍神殿の守りもあるこの場所を狙うとは思えぬし、私は本宮においては枝葉にすぎぬゆえ、わざわざ狙ってくるとも思えぬ」

琥珀の説明に、涼聖は頷いてから少し間を置き、

「後方支援で、危険はないって聞いてた。……だから余計に、なんであんなことになったんだってのは、思ってる」

そう続けた。

その言葉に琥珀は、

「嘘をついたわけではない。後方支援として向かったのは事実だ。……三つに分かれての任務で、私と伽羅が向かったのは、一番手薄だと目されていた場所だった。他二つの拠点は潜入して敵を叩く任務で、黒曜殿と玉響殿の隊が向かい、私たちはその二ヶ所で怪我を負った者を受け入れて治療に当たったり、結界の補助を行ったりするのが主な任務だった」

静かに話し始めた。

「だが、すべての拠点がほぼ同時に急襲を受けた。本宮の分析を待たねば詳しいことは分からぬが、罠だった可能性がある。私たちのいた場所の地盤が割れて、数メートル落下した。その時点で数名怪我人が出ていたが、怪我とは別の理由で動くことができなくなる者が多数出た」

「怪我じゃなく？」

「……呪詛だ。私に影響はなかったが、伽羅殿は動けないほどではないが影響を受けていた。そこに敵が襲ってきて……伽羅殿は私に向かって放たれた呪詛を代わりに受けて、あのような状態に。もし、伽羅殿が庇ってくれなければ私は死んで——消滅していただろうと思う」

消滅、という言葉に、涼聖は胃の底が冷やりとする感覚に襲われた。

「伽羅殿にしても、命があるのかどうかすら分からぬ状況で……。龍神殿が伽羅殿に加護を与えていなければ、伽羅殿は……」

そこまで言って琥珀は一度を言葉を切り、小さく息を吐いてから、続けた。

「そのような状況で、とにかく急ぎ退避する必要があった」

地脈がある場所は、時間の流れから外れた場所だった。戻るための座標を持っていたのは伽羅で、その伽羅があの状態だったため、琥珀が退避をさせるしかなかった。

問題になったのは座標だ。

だが、迷う余裕もなかった。

「私の祠があり、龍神殿の守りの内でもあるここが、私の知り得る中で一番安全で、座標を摑みやすかった」

実際に任務に就いていた時間経過とここを出て戻る時間にラグが出たのは、琥珀が摑めた咄嗟の時間軸があの時間だっただけのことだ。

「……できる限り迷惑をかけたくはないと思っていたが…あのようなことになり、すまないと思っている」

謝る琥珀に、涼聖はどう言っていいのか分からなかった。

謝ってほしかったわけじゃない。

迷惑だとも思ってはいない。

だが、琥珀は、そう感じているのだ。

迷惑をかけた、と。

そんな風に思わせているのは自分なのだと思うと、どうしようもない感情が湧いてくる。

いろいろと言いたいことがあるのに、それを言葉にしようとすれば、何が適当で、何から言えばいいのかも分からなくて、感情の整理がまったくできなかった。

「……そうか。分かった」

返した自分の声が、どこか冷たく突き放したように聞こえなかっただろうかと不安になった。

だが、琥珀の表情からは何も読み取ることはできなかった。

「……飯、終わったらおまえ、先に風呂に入れ。俺は、片づけと……なんか適当にいくつか作り置きの料理作るから。伽羅に言われて買ってきた食材、腐らすわけにもいかないしな」

そう付け足すと、涼聖は中途半端に残っていた食事を再開した。

◆◇◆

気まずい空気の中、土曜がやってきた。

土曜の診療は午前中だけで終わる。その後、昼食をはさんで涼聖が往診に行き、家に戻ってきたのは三時過ぎだった。

「りょうせいさん、きょうのおやつ、なに？」

帰ってきて手洗いを終え、台所に立つ涼聖の横にぴったり寄り添い陽は問う。

陽は、あの夜のことを琥珀からはまだ何も聞いていないだろう。だが、琥珀がいて、伽羅もそのうち帰ってくると聞いて安心したのか、特にあの夜のことを気にしている様子はない。

「ホットケーキにしようかと思ってる」

「ホットケーキ、やった！」

「りょうせいどののホットケーキは、ひさしぶりです……」

陽と、陽の肩の上に乗ったシロは嬉しそうに言う。

「伽羅みてえに、ふわっふわのは作れねえけど、かんべんな」

涼聖は先に断りを入れておく。

伽羅のホットケーキはメレンゲを作って焼き、さらにはトッピングにもこだわる「映え《ばえ》」も重視したものだ。

だが涼聖は普通に卵を割り入れて作るので、ふくらみにも限界があるし、かけるのはメープルシロップ一択である。

「りょうせいさんのホットケーキは、たべたら、もちっとしててね、きゃらさんのはふわっとしてて、おいしさがちがうの。でも、どっちもおいしいの」

陽の言葉にシロも頷き二人でにこにこしている。

「そうか。じゃあ、おいしく作れるように頑張るか」

涼聖はそう言ってホットケーキの準備を始める。

焼きあがったホットケーキは、久しぶりに作ったにしてはなかなかの出来栄えだった。

陽に渡すと喜んで、大事そうに居間へと運んでいく。

残ったタネも全部焼いて、食べ終わっていた陽におかわりはいるかと聞くと、笑顔で頷いてきたので、小さめのものを皿に載せてやる。

涼聖も一枚皿に載せ、もう一枚は琥珀のために取っておいた。

琥珀は家に戻ってから部屋に行き、そのまま出てきていなかった。

だが、涼聖が食べ始めて少しすると、水晶玉を持って部屋から姿を見せた。

「陽、伽羅殿だ。少し話すか？」

琥珀の言葉に陽は、すぐ頷いた。

そしてちゃぶ台の上に据えられた水晶玉の中には、見える部分だけでは病衣なのか作務衣なのか判断はつかないが簡単に着られる服を纏い、狐耳を出した伽羅が、パッと見た印象では元気そうな様子で手を振っていた。

「あ、きゃらさん！　きゃらさん！」

陽とシロも手を振り返す。

『陽ちゃん、シロちゃん、元気ですかー？』

「うん！　ボクもシロちゃんもげんきだよ。きゃらさんは？　もう、おけがは、だいじょうぶなの？」

心配して問う陽に、

『もうずいぶん治りましたよー。あとちょっとってところですねー。でも、それより治療の間ずっと寝てて、体力が落ちちゃったんで、本宮でたくさん運動をして、いつも通りにお洗濯したり、お料理したりできるようになったら帰りますねー』

変わらぬ笑顔で言う伽羅に、陽とシロはホッとした顔を見せた。

『陽ちゃん、シロちゃん、もしかして、おやつの時間でしたかー？』

どうやらちゃぶ台に置いている皿が目についたらしく、伽羅が聞いた。

「うん、りょうせいさんが、ホットケーキやいてくれたの」

「もちっとしていて、おいしいのです」

陽とシロが言うと、

『涼聖殿のホットケーキ、いいですねー。俺も帰ったら焼いてもらお』

伽羅が笑顔で返す。それに、

「余ったタネで焼いた残り、冷凍しといてやるから、帰ったらチンして食えよ」

涼聖がさらりと返すと、

『なんで、そうやって俺にだけ塩いんですかー？　退院祝いに焼きたて食べさせてくれたっていいじゃないですかー！』

伽羅は分かりやすく怒ってみせるが、いつも通りの涼聖と伽羅のやりとりを、陽もシロも、そして琥珀も笑って聞いている。

『あ、買ってきてくださいってメモした食材、どうしました？　肉とか冷凍しといてもらえたらまた解凍して使うんで……』

伽羅は思い出したように言ってくる。

死にかけるような怪我をしておきながら、食材の心配をするあたり、完全な主夫だなと涼聖は感心しながら、

「おまえが予定してたものとは違うだろうけど、適当に料理に使った。いつ帰ってくるか分かんねえけど、必要なものがあったら、またメモでも届けてくれ。買ってきとく」

そう返すと、『多分、来週の週末には戻れると思うんで、日曜に買い物に行って自分で買い揃えます』と言ってきた。

「きゃらさん、らいしゅうのどようびにかえってくるの？」

伽羅の言葉を聞いて陽が目を輝かせる。

『土曜か、遅くても日曜の午前中には戻りますよー。一緒に買い物行きましょうねー』

具体的な日程が分かって、陽とシロはますます笑顔だ。

「うん！　きゃらさんが、かえってくるのまってるね。おけがのちりょう、がんばって、げんきになってかえってきてね」

「おまちしております」

陽とシロの言葉と笑顔に、水晶玉の向こうで伽羅は『やっぱり天使がここに……』と呟いて、『もう、二人のその言葉だけで、今すぐにでも全快しそうですよー』

と返してきた。

思った以上に元気そうにしている伽羅の姿に涼聖もほっとしたが、頭の中ではあの日からずっといろんなことがぐるぐると廻ったままだ。

思考と、感情。その両方が。

その夜、風呂を終えてから涼聖は琥珀の部屋を訪れた。

「琥珀、まだ起きてるか」

しばらくすると、襖戸越しに近づいてくる密やかな足音が聞こえた。そして襖戸が開く。

「涼聖殿、いかがした」

「……少し、話したい。いいか?」

涼聖が問うと、琥珀は静かに頷いた。

琥珀の部屋は寝支度が終わっていたが、何かを書いていたところらしく文机に墨と筆、そして和紙が出ていた。

「悪い、仕事中だったか?」

「いや。……本宮よりこの前の任務の詳細を記して送ってほしいと頼まれて、それをしたためていた。任務に携わった者すべてから、情報を集め、分析をしているところらしい」

「忙しいなら、出直す」

涼聖の言葉に琥珀は頭を横に振った。

「かまわぬ。……涼聖殿の話を聞くのが先だ」

琥珀はそう返してから、布団の横に座布団を置き、涼聖に勧め、自身は布団の上に座した。

涼聖は置かれた座布団の上に胡坐《あぐら》をかくと、

「いまいち自分でも、考えがまとまってないってのは分かってる。だから言い方とか、配慮できないとこもあると思うけど、別に、怒ってるとか、そういうんじゃねえってことだけは、分かってほしいんだ」

そう前置きをしてから、続けた。

「俺は人間で、おまえは神様だ。住む世界が、文字通り違う。だから、おまえのいる世界のことは、ほとんど分からないし、分からないから、いろいろ口出しすんのは違うって、そう思ってきた」

涼聖の言葉に、琥珀は頷いた。

「涼聖殿が、私の立場を慮《おもんぱか》り、尊重してくれていることは本当にありがたいと思っている」

それは、琥珀の本心だ。

言いたいことも聞きたいことも、これまでにもいろいろあったはずだ。

それでも、必要以上のことは聞こうとせず、琥珀たちを受け止めてきてくれた。

その琥珀の返事に、涼聖はいくばくかの間をおいて、返した。

「けど、それは俺の『逃げ』だって気づいた。俺とおまえのいる世界が違うってことを理由にして線引きすりゃ、考えないですむことのほうが多い。……俺には、飛び込む勇気がなかったってだけだ」

「それは違う」

涼聖の言葉に、琥珀はすぐ返した。だが、

「倉橋さんが、橡さんの眷属になったって聞いた」

涼聖は一言、そう言った。

その言葉に琥珀は返す言葉を失った。

「……おまえは、そのこと、知ってたか」

問いただす涼聖の言葉に、琥珀は頷いた。

「ああ」

「おまえたちも、眷属ってのを持てるって理解でいいか」

「……ああ、そうだ」

返しながら、琥珀は胸の中で何かがザリザリとうごめくのを感じた。

涼聖はまっすぐに琥珀を、ただ見つめた。

綺麗な神様だと思う。

もし、琥珀が困窮していなければ、出会うことはなかっただろう。

いたずらな偶然で引き合わされて、けれど明らかに二人の間には、越えることのできない境界線があった。

いや、あると涼聖は感じていた。

だが、二つの世界の境界線を、倉橋は軽々と越えていった。

その強さが、酷くうらやましかった。

「言いたいことも、聞きたいことも、知りたいことも、いろいろある。……知ったら、後戻りで

きねえってとこがあるんだろうとも思う」

涼聖はそう言い、一度言葉を切った。そして、

「でも、これ以上、おまえに関して『知らない』ってことを盾にして逃げんのは、やめにする」

まっすぐな目で、言った。

琥珀は、返す言葉を見つけられず、ただ、涼聖の顔を見ていることしかできなかった。

# 倉橋の決意

CROSS NOVELS

その日は、倉橋《くらはし》が呼び出しからも外れた一日休みで、前々から橡《つるばみ》と淡雪《あわゆき》と一緒に子連れデートに洒落こもうという話になっていた。

だが当日になって、橡から心話で、

『悪ぃ、ちょっと厄介事が持ち上がって、隣の領地を治めてるやつのとこへ行くことになった。夕方には戻れると思うんだが』

と、ドタキャンを知らせる連絡が入った。

『あ、そうなんだ。じゃあ、淡雪ちゃんだけ預かろうか』

『頼めりゃありがたいが……あんたの家に預けに行くか』

『この時間に？　飛んでくれれば早いだろうけど人目につくよ』

集落の老人は体づくりのためによく散歩をしている。淡雪を連れてくるなら人型になって飛んでくるだろうから、間違いなく目立つ。

そのためいつもは集落の祭神《さいじん》に『場』を使わせてもらうように事前にお願いに行くのだが、今回は途中で倉橋が橡を拾う予定でいたので、祭神に許可を取っていないのだ。

もちろん、事後承諾でも祭神は怒らないとは思う。

しかし、少しばかり気が引けた。

倉橋は少し考えて、

『あ、香坂《こうさか》の家に淡雪ちゃん、預けてくれないかな。俺も朝ご飯終わったらそこに行くから。香坂には連絡しとく』

そう言った。

今日は診療所の休診日だ。

休日に涼聖《りょうせい》たちが買い物に出かけるのは十時過ぎ頃なので、それまでは必ず誰かいる。

申し訳ないなと思ったが、淡雪が普通の赤子ではないこと、そしてギャン泣きが標準搭載であることを考えると、一番安全な預け先だ。

『わかった、じゃあ、頼む。悪いな』

そう言うと、心話が途切れた。

倉橋はすぐに携帯電話を手に取ると、涼聖にかけ、淡雪を預かってほしい旨を伝えた。

予想通り気分よく預かってくれることになり、ついでに一緒に買い物に出かけることも決定した。

段取りを終えて、一息つき、食べかけていた朝食を口にしながら、

――やっぱり、橡さんと直接連絡が取れるっていうのは楽だな。

そんなことを思う。

これまで、倉橋が橡と連絡を取り合うには、伽羅《きゃら》を経由する必要があった。

橡は携帯電話を持っていない。

倉橋がもう一台契約して橡に持たせるということも考えたのだが、橡の家付近は電波圏外だし、

椽が携帯電話を使って連絡をしなければならない相手は倉橋しかいないので、持ってもあまり意味がない、ということになり、伽羅に頼んでいた。

なお、伽羅の家はギリギリ圏内なのだが、稲荷《いなり》の力を使って快適に繋がるようにしてあるらしい。

もちろん、似たことは椽にも可能なのだろうが、携帯電話の本体や月々の料金などのことを考えると「持たなくていい」になった。

倉橋がお金を出せばすむのだが、椽は倉橋が金銭面について一方的に負担することにあまりいい顔をしないので、椽が必要ないと言うのなら、じゃあそれで、という話になったのだ。

その分、伽羅の世話になることになったのだが、そもそも伽羅は「二人の恋を応援し隊」の隊員だ（なお、メンバーは一人である）。

そして倉橋が休みではない日に、淡雪の預け先に困った時の預け先にもなっているので、世話になりっぱなしな結果、世話になり慣れているという、甘えっぱなしの状況になっていた。

伽羅は香坂家の不動のおかん……もとい、主夫ポジションであるが、倉橋と椽にとっても頼れる存在なのである。

が、頼りっぱなしの状況が少し改善されたのは、倉橋が椽の眷属になったからだ。

眷属になったことで、椽たちが「心話」と呼ぶ、テレパシーのような——いわゆる脳内に直接語りかける的な——ものを、受け取ることができるようになった。

そう「受け取る」である。

電話でいうなら向こうからかかってきた場合のみ、出て話せる、という状態で、倉橋から話しかけることは今はできない。

ゆくゆくはできるようになるらしいし、他のこともおいおい、らしいのだが、実は急に用事が入ったりして予定変更になるのは椽のほうが多い。

何しろ椽は領内を治める烏天狗《からすてんぐ》の総領である。

毎日、大小様々な問題が持ち込まれているのは、倉橋も充分知っている。

椽の山の家――中は椽たちが暮らしているので綺麗《きれい》なものの、外からは蔦《つた》に覆われた立派な廃墟《はいきょ》だ――に遊びに行くと、しょっちゅう山の動物が陳情に来ている。

伽羅も似たようなものらしいのだが、伽羅と琥珀《こはく》が守っている領地は集落に面していることもあり、野生生物が椽の領地に比べれば少ないらしい。

椽の領地は、先代の烏天狗の長が無駄に領地を広げたこともあり、広大なうえに、人の住む地域から離れているため、野生動物も多いので、トラブルには事欠かないのだ。

些細な問題であれば、側近の烏たちが処理している――がゆえに、椽にまで上がってくるのは面倒くさい問題ばかりなのである。

そんな椽の姿を見て、倉橋はとりあえず「大変だなぁ」と思うのみだ。

必要とされれば手助けはするが、自分にできることなど限られているというか、ほぼない。

そして、椽が一番困るのは「淡雪の夜泣き」及び「癇癪《かんしゃく》」であることは重々承知しているので、倉橋は淡雪の相手をしている。

その淡雪の相手も、橡のため、というよりも、淡雪が可愛いから相手をしている部分が大きい。

「新しい服、今度はどんなテイストで攻めようかな」

そんな楽しみに思いを馳せながら、倉橋は食べ終えた朝食の片づけを始めた。

◆◇◆

さて、買い物から帰宅し、おやつを食べた後、淡雪は龍神《りゅうじん》に抱っこされて裏庭に面した縁側にいた。

サングラスをかけた淡雪の視線の先では、陽とシロが二人のために作られた一メートル四方の小さな砂場で、砂遊びを楽しんでいる。

三十センチほど掘り下げて底と脇に雑草避けシートを仕込み、そこにホームセンターで買ってきた川砂を仕込んだ砂場だ。

二人が使わない時は板を載せて、山から下りてくる動物たちに荒らされたりしないようにしてある。

涼聖と伽羅の二人が作製した手製の砂場だ。

琥珀も手伝おうとしたのだが、

『病み上がりなんだから安静に』

と二人から言い渡され、雑草避けシートを切る以外は見守りに徹するしかなかった、という経緯で作製された場所である。

そこは陽とシロのお気に入りの遊び場となり、診療所が休みの日は、もっぱら二人はここで遊んでいる。

楽しげな二人の様子に淡雪は時々手足を動かして、交ざりたそうにするが、泣くわけでもなく龍神に抱っこされていた。

淡雪は、涼聖たちが思っているよりもはるかに多い回数、香坂家に預けられている。

なぜ「涼聖たちが思っているよりも多い」などという結果になっているのかといえば、基本的に涼聖たちが不在の間に橡が預けに来て、そして用事がすめば引き取られて帰っていくからだ。

預かる伽羅にしても、その時によほどのことがあれば別だが、何もなければいちいち、

「今日淡雪ちゃんを預かったんですよー」

と報告することもない。

報告されたところで涼聖も「ああ、そうか」と返して終わりになることなので、報告の必要なしと伽羅は判断している。

そのため、シロはもちろんだが、龍神も淡雪とはよく会っている。

大体、龍神は金魚鉢にいるので、淡雪は時々、その金魚鉢を見上げる程度で、さして龍神に興味を示す様子はない。

しかし、人の姿を取っている時は別で、興味津々といった様子で近づいてくると、そのまま龍神の膝の上にのぼり、龍神を座椅子代わりに使うという肝の太さだ。

とはいえ、大人しく座っている分には龍神も好きにさせていて、そこそこ良好な関係を築いている二人である。

もっとも淡雪が泣き始めれば、世話は伽羅に丸投げするのだが。

「淡雪、倉橋がおまえの義兄になってよかったな」

龍神はふと淡雪に話しかけた。

その言葉に淡雪は、それまでご機嫌に動かしていた手足の動きを止めると、龍神を見上げた。

その顔は、「あ?」といった感じである。

「不満か?」

問う龍神に、淡雪は「あ?」なままだ。

淡雪は自分の名前が「淡雪」であることは認識している。

よく会う人の顔と名前は大体一致させている様子だが、意思疎通ができるほどの語彙を理解しているかというと不明である。

おそらく表情など、言葉以外の部分で何かを読み取ったり感じたりしているのだろうとは思うが、それとてどの程度までかは分からない。

だが、龍神はかまわず続けた。

「おまえの倉橋への懐きようを見ていれば、おまえが倉橋の『一番』でいたいと思っていることは分かる」

その言葉に淡雪はじっと龍神を見た。

「倉橋が橡の眷属となり、おまえたちと近しい者になったことを喜びたくもあるが、『橡の眷属』になったこと自体は歓迎したくはない。違うか？」

龍神はにやりと笑って問うが、淡雪は無反応で龍神を見たままである。

橡は、この時点で「聞いてねえな」と諦めることがあるのだが、龍神は聞いていようがいまいが気にした様子はなく、自分の仮定の上でさらに続けた。

「まあ、おまえの気持ちも分かる。だが、考えてもみろ。仮に倉橋が橡の眷属にならなかったとすれば、あの者は人の理通りに老い、そして寿命を迎える。人の子の今の平均寿命からすれば、あと五十年ほどといったところか……。我らに比べれば、なんとも儚い命だな」

言いながら龍神は改めて、人の子の命の儚さに思いを巡らせる。

昨日生まれたと思ったような子供が、瞬きをするごとに成長する。

それはまるで、わずかな季節しか生きることのできない蝶の姿にも似ていると龍神は感じることがある。

「淡雪、おまえを含め、陽《はる》もそうだが、我らのようなものは成長が人に比べれば遅い。その分寿命は長いがな……。そのおまえが成長し、眷属を持つことができるようになるのと、倉橋の寿命が尽きるのはどちらが早かっただろうな？」

淡雪は少し唇を尖らせる。

それは、突き付けられた事実に拗ねているようでもあるし、納得いかん、と抗議するようでもあった。

「まあ、そんな顔をするな。おまえの望みは『長く倉橋とともにいたい』ということでもあるだろう。そちらは叶ったのだから、その部分は納得するしかあるまい」

龍神は言うが淡雪はまだ唇を尖らせたままだ。

その様子に龍神はふっと笑い、

「納得できぬだろうが、もう一つ付け足しておく。眷属となったとはいえ、まだ倉橋の状態は不安定だ。まだ充分に橡の気を取り込めてはおらぬ。倉橋の状態が安定するまで、多少おまえも協力してやれ。……不安定な状態が続いた眷属は、どちらの世界の理にも属することができず、妖となる可能性もあるゆえな。そうなれば、眷属とした者が消滅させなければならぬ。橡に、倉橋を手にかけさせたくはないだろう？　またそんな状況に倉橋を追いやることも望まぬだろう？

しばし、いい子にして協力してやれ。そのあとで存分に、幼い姿を最大限利用して、甘え尽せばよいだろう」

そう入れ知恵をする。

淡雪は唇を尖らせたままだが、頭を龍神の胸に預けた。

その様子は、まるでハムレットのように葛藤しているように思え、龍神はひそかに笑った。

◆◇◆

香坂家で夕食を終えた倉橋たちは、車で倉橋の家に戻ってきた。

「橡さん、俺、淡雪ちゃん抱っこするから、荷物降ろして。あとこれ、よろしく」

駐車場に車を停めると、倉橋は助手席の橡に家の鍵を渡す。

「ああ、分かった」

橡は鍵を受け取ると車を降り、後部座席に置いてある買い物の袋——淡雪と橡の夏服だ——を取ると、家に向かい玄関の鍵を開ける。

倉橋は同じく後部座席にいる淡雪をチャイルドシートから降ろして抱き上げ、家へと向かう。

これが出かけた時の役割分担なのである。

「それにしても、あんたまたいろいろ買い込んだな」

一旦、居間に落ち着いてから、椽は三つの買い物袋を見つつ、多少の呆れを含ませて言う。

「ほとんど、淡雪ちゃんの着替えだよ。これから暑くなると、どんどん汗をかくから、できる限りこまめに着替えさせてあげたいからね。赤ちゃんの肌は繊細だから」

買い込んだ肌着だけでも十枚ある。家にも似たような枚数があるので、それだけでも二十枚程度にはなる。

「そんなに着替えさせてやんなきゃなんないもんか？」

「そうだね。汗腺っていって、汗が出る穴って言えばいいかな、その数は大人も子供も同じだけあるんだ」

「うん？」

「椽さんと淡雪ちゃんだと、体の大きさはずいぶん違うけど、汗の出る穴は同じ数だけあるってこと。つまり、淡雪ちゃんのほうが密度が高いから、すぐに汗で服が湿っちゃうんだよ。で、赤ちゃんの肌は繊細だから放っておくとすぐに汗疹《あせも》になったりしちゃうからね」

「どんくらいの頻度で着替えさせりゃいいんだ？」

問う椽に、

「そうだなぁ。触ってみてじっとりしてたらってところだけど、朝着替えさせて、昼前、それから夕方、寝る前くらいでいいんじゃないかな」

倉橋が返すと、

「くらいっつー数が、結構な回数だな……」

多少、げんなりした様子で椽は淡雪を見る。

淡雪は倉橋の膝の上でご機嫌である。

「吸湿速乾素材だから、面倒なら、朝、昼、夜の三回でも大丈夫かもしれないけど」

一応倉橋は、一回減らした数を推してみるが、椽は、

「……淡雪、おまえ、できるだけ雛《ひな》の姿になってろよ」

面倒くささ回避から、根本的な解決を図ろうとした。

雛の姿であれば、多少のことは問題ないのだ。

だが、淡雪は自分を抱っこしている倉橋の手をふにふにと触るのに夢中で、椽の話をまったく聞いてはいなかった。

その様子に倉橋は笑ってから、

「淡雪ちゃんの雛の姿って見たことないけど、淡雪ちゃんは自分で好きな時に姿を変えられる感じなのかな」

そう言えば、といった様子で聞いた。

「いや、ランダムっつーか、正直、どういう理由で変化すんのか、分かんねえ。ただ、あんたと会えるのを察したら、変化してんのは分かる」

正直、雛の姿でいてくれたほうがいろいろ楽なのだ。夜泣きの声も、赤子姿の時よりはまだ小さいし、いたずらもそこまで悪質ではない。

だが、橡が人の姿を取っている時は高確率で赤子の姿になる。

特に連動させようとしているわけではないだろうとは思うのだが、もしかすると、なんらかの刷り込みが働いて、無意識でそうなっているのかもしれない、と感じる。

「橡さんが子供の頃ってどうだったかな」

倉橋の問いに橡は首を傾げた。

「変化についてなら、俺は早いほうじゃなかったみてえだ。……当時領内にいた烏天狗で変化ができたのは、先代だけだったし、そもそも変化できる奴はもともと、そう多くねえらしい。だから、比較できる数ってのも知れてるだろうが、少なくとも俺の親父よりは遅かったらしいし、淡雪みてえに雛のうちにってのはめちゃくちゃ早いんじゃねえか？」

「そうなんだ。じゃあ、橡さんが初めて変化したのって、何歳くらい？」

「人の子の見た目で言やぁ、八歳、九歳、そのくらいじゃねえか？」

橡の言葉に、倉橋は微笑ましげに笑みを浮かべた。

「その頃の橡さんを見てみたかったたな。写真とか……」

「そんな文明の利器、あるわけねえだろ」

即答する橡に、

「そうだよね」

倉橋は納得する。

そういった機械類は、彼らにとって必要のなかったものだし、長寿命な彼らのことなので、椽の子供時代に、写真が一般的だったかどうかも怪しい気がする。

いや、あるにはあっただろうが、本当に限られた機会に、写真館へ撮りに行くというものだっただろう。

椽の子供の頃を見たかった、というのは本心だが、まあ子どものころからイケメンだったのは間違いないだろうなと思う。

「でも惜しいから、せめてこれからの写真はいっぱい撮ろう」

そんな倉橋の携帯電話にはすでに、何枚も椽の写真がある。椽だけではなく淡雪や陽、シロの写真もだ。

——龍神さんの写真も撮ればよかったなぁ。

忘れていたが、龍神の写真など、そう撮れるものではない。

幸い、おいしいワインが手に入ったら一緒に飲もうと約束をしたので、その時に写真を撮らせてもらえばいいか、と算段をつけていると、

「あんたの子供の頃はどんなだった?」

椽が聞いてきた。

「俺？　普通の子供だったよ」

「普通って、どんなだよ」

「特に問題行動を起こしたこともないし……成績はそこそこよかったほう。体育祭なんかでクラス対抗リレーでアンカー候補にされる程度にはスポーツもできたかな」

文武両道というほどではないにしても、どちらもそつなくこなせたタイプだ。

「あんたの子供の頃の写真はあるのか？」

「実家にならあるよ。……見たい？」

倉橋が言うと、橡は頷いた。

「じゃあ今度実家に行ったら取ってくる……それとも、一緒に行こうか？　俺の実家。淡雪ちゃんも一緒に、三人で」

倉橋の提案に、橡は苦笑する。

「あんたの親がいるんだろ？　どう説明するんだよ、俺らのこと。俺だけってなら、まだこっちでの知り合いで、とかごまかせるだろうけど、淡雪まで一緒ってなると、いろいろ苦しいだろ」

その橡の言葉に、

「別にごまかす必要ないよ。まあ、橡さんが人間じゃないとか、俺も実は人間じゃなくなってますとか、そのあたりのことは伏せないと説明が面倒になるけど、普通に恋人で事実婚考えてるって言えば問題ないよ」

倉橋はあっさり返してきて、逆に椽が、

「いやいや、問題ないわけないだろ。人界でもいろいろ、昔で言う衆道みたいなことに対して理解が広がってきてるっつっても、自分の息子がってなったら……」

と心配になった。

「んー？　そうなったらそうなった時かな。うちはそこそこ放任っていうか、好きにしなさいって感じで育てられたんだけど、曖昧にして独身を続けてたら、やっぱり結婚について、一応は聞かれると思うんだよね。だから、椽さんのことを濁すよりは、はっきり言っちゃったほうが、後々面倒がないと思ってるんだけど」

やっぱり倉橋は、平然とした様子で返してくる。

それに椽はうなだれた。

「……あんたの、そういう竹を割ったような性格、嫌いじゃねえっつーか、好きだけど、もうちょい情緒ってもんを大事にしようぜ？」

本気で、そう思う。

「情緒を大事にしても、結果は変わんないよ？」

「親御さんは孫の顔を見てえとか、あるだろ。そういう期待をぶった切んのは……」

「孫なら、淡雪ちゃんがいるからいいんじゃないかな？　淡雪ちゃんみたいにかわいい子なら、うちの親は大歓迎だと思うんだよね」

ね、淡雪ちゃん、と倉橋が声をかけると淡雪は嬉しそうに声を上げて笑う。

それに合わせるように、風呂の給湯がまもなく終わる、という音声ガイダンスが流れた。

「お風呂、椽さん先にすませて。そのあとで俺が淡雪ちゃんと一緒に入るから」

倉橋がこのあとの流れを指示する。入る順番が入れ替わることはあるが、この家で過ごす時は必ず倉橋が淡雪と一緒に入浴するのが決まっている。

一度、椽が淡雪を連れて入ったのだが壮絶な泣き声で嫌だと抗議してきたので、倉橋が淡雪を入れることになった。

椽は慣れた様子で、おう、と返事をすると風呂場へと向かう。

椽が出てくるまでに、倉橋は椽の着替えを脱衣所に運んでおいて、椽が出てきたら淡雪と一緒に入浴だ。

そして、先に淡雪を上がらせるため、着替えを終えた椽に淡雪を預ける。それは嫌がらないので一安心して、倉橋は自分の髪や体を洗う。

風呂から上がってくる頃には、淡雪は着替えもお風呂上がりの水分補給も終わり、寝かしつけられるのを待っている。

寝かしつけは当然、倉橋の担当である。

淡雪の部屋に連れて行き、子供用の布団に寝かせて隣で添い寝をしながら、寝かしつける。

一応絵本を読んでやるのだが、内容を理解できているかどうかは不明だ。

それでも一冊目の途中で瞼が下り始め――今日は買い物にも出かけたし、陽たちにも遊んでもらい、まったく昼寝もしていないので、かなりお疲れのようだ――一冊目を読み終える頃には寝ていた。

だが、すぐに離れると起きてしまう可能性が高いので、倉橋は静かに淡雪の寝顔を用心深く見守る。

そして五分ほど待ってから、ゆっくりと体を起こし、淡雪の部屋を出た。

すでに居間の電気は消えていて、二階へと続く廊下の灯りがつけられていた。

橡は二階にいるようだ。

倉橋は階段を上り、二階の自室へと向かった。

「入るよ」

一応声をかけて戸を開けると、すでに二人分の布団が敷かれ、橡が片方の布団の上で、置いてあった雑誌を開いていた。

「淡雪はもう寝たのか」

「うん。今日はいい子で寝てくれたよ」

「起きてこなきゃ『いい子』つって問題ねえだろうけど、今の時点じゃ、まだどうか分かんねえな」

橡の返事に倉橋は苦笑した。

寝つきはよくとも、途中で淡雪が起きて泣いてしまうことは、未だに多々ある。

そのため、きちんとコトが完遂できた回数は、そもそも会う機会も少ないこともあるのだが、十指で足りるという始末である。

「普段でも夜泣きは全然変わらない感じ？」

「昔に比べりゃ、ちょっとはマシだ」

なので、日中、香坂家に行って伽羅に淡雪を預け、仮眠を取らせてもらう回数は減った。あと、ついでに言えば、淡雪の夜泣きに慣れたので、以前ほど、なんとか早く泣き止ませて寝かしつけなくてはと追い詰められるようなことが減った。

「当たり前のことだけど、少しずつ、淡雪ちゃんも成長してるんだね」

「早く陽くらいに成長して、手がかからなくなってほしいけどな」

椽がそう言うのに、倉橋はその成長過程に「イヤイヤ期」というものがあることは伏せて、ただ頷いた。

「今日は、ホント悪かったな」

謝ってくる椽に、倉橋は頭を横に振る。

「ううん、久しぶりに香坂とゆっくり話せたし」

そこまで言ってから、倉橋は思い出したように、

「俺が、椽さんの眷属になったって、香坂に話したんだけど」

そう切り出した。

「驚いてただろ」

「うん、まあ、普通驚くよね。ただ、香坂は『眷属』について何も知らなかった。眷属って言葉自体を知らない感じで」

続けられた倉橋の言葉に椽は少し驚いた顔をする。

「そうなのか？」

「うん」

倉橋が頷いて返すのに、椽は少しの間押し黙る。

涼聖が眷属になってないのは、知っていた。

だがそれは、涼聖が眷属になることを承諾していないからだと思っていたのだ。

涼聖と琥珀がそういう関係になったのはもうずいぶん前というか、椽が直接琥珀と顔を合わせた時には、もうそういう関係だった。

互いに尊重し合い、思い合っているのは傍で見ていても分かる。

だからこそ、敢えて眷属になっていないのだと思っていた。

黙り込んだ椽に、

「琥珀さんのことだから、言い忘れてるだけって可能性もあるんじゃないかなと思ってるんだけどね」

倉橋は茶化すでもなく真面目な顔で言った。

「それはない…だろう、多分。ていうか、あんたの中で琥珀はどういう認識なんだよ」

「多分、神様としては有能なんだと思う。少ない言葉で、こっちの内側にすっと入ってくるようなところがあって……」

初めてここに来て、香坂家に滞在していた時、夜眠れずにいた倉橋に声をかけてくれた。

本来、倉橋は初対面に近いような相手に自分の胸のうちを明かすようなタイプではない。当時の自分がかなり弱っていたことを差し引いても、悩んでいた内容について、話すつもりなどなかったのだ。

しかし、気が付けば、話していた。

琥珀はただ聞いていた。それだけのことなのに、気持ちが凪いだのが分かった。

「でも、こと人としての日常生活に関しては天然っていうか、わりと不器用だよね」

「あー……間違ってねえな、それは」

「だから、普通に忘れてたって可能性もありそうだとは思うんだけど」

そう言う倉橋に、椽は頭を横に振った。

「多分、それはねえと思う」

「そう？」

「ああ。琥珀は『神』としての意識が高い。だからこそ、涼聖さんには、言わなかったんじゃねえかと思う」

「どういう意味？」

神としての意識が高いと、なぜ、「言わない」という方向になるのか、その関連性がよく分からず、倉橋は問い返した。

「本来『神』やそれに近しい存在と、『人』との間には、はっきりとした境界線がある。その境界を人間の側から越えてくるってことは、まあほとんどない。ただ、こっちがそれを越えることはできる。でもそれは、基本的にはしねえってのが暗黙のルールだ。だから、俺たちもあまり人の姿を取ることはねえし、みだりに人の前に姿を出したりはしねえ」

「非常事態以外はってこと？」

「ああ。人前に姿を出すにしても、正体を悟られるようなことはしねえし、特定の相手に深入りすることもしねえ。……いる世界の違うモン同士だからな」

確かに、倉橋はずっと橡の正体を知らなかった。

なんらかの理由で無戸籍で生きてきた、わけありなんだろうと思っていただけだ。

琥珀たちのことにしても、日本育ちのハーフかクォーターなんだろうと思っていた。

それが『人間の理解』の範疇で、あり得そうなことだったからだ。

「でも、香坂たちはもう、ほとんど『家族』だろう？　お稲荷《いなり》さんに、龍神さんに、座敷童子《ざしきわらし》
……神様がインフレ起こしてる勢いだと思うんだけど」

「正直あの家は、いろいろバグってるとしか思えねえ。っていうか、涼聖さんがヤベエだろ。な

んで、あの状況を普通に受け入れてんだよ」

橡のその言葉に、やっぱりあの家は特殊なんだなと改めて思う。

それと同時に、多分、涼聖が普通にあの状況を受け止めているのは、仕事柄『起きたことにまず対応』というのが染みついているからだろうと倉橋は思う。

救急外来では、一分一秒を争う患者が来ることも多い。

そして想定外の状況が起きることも往々にしてある。

そんな時に「こんなことになるなんて信じられない」「あり得ない」などと言っているひまなどない。起きていることが現実なのだから、それにいかに対応するか、しかないのだ。

対応した結果が、あのガバガバ――もとい、柔軟な現状なのだろう、などと思いつつ苦笑いしていた倉橋に、

「まあ、あんたも大概だけどな」

橡は倉橋を、多少呆れた顔で見た。

「いきなり流れ弾を食らった気分なんだけど」

「普通『人間やめてくれ』って言われて、即答するやつはいねえだろ」

「え、なんで？　別に俺が損する話じゃないだろう？」

解せぬ、という顔をした倉橋に、

「損得の話じゃねえ……。人間じゃなくなるんだぞ？　輪廻《りんね》の環の中にも戻れねえ」

真面目な顔をして、椽は言う。

だが倉橋は、

「人間じゃなくなるデメリットって、特に感じないんだよね。肉体的に歳を取らないってことは個人的にラッキーっていうか、外科医なんて体力勝負だからありがたいしかないし、まあ周囲からおかしく思われることはあるかもしれないけど、アンチエイジングしてるってことでごまかせばイケるだろうし、定年しちゃったらそれこそ、椽さんの山で隠居生活に入っちゃえばいいわけだし。それに輪廻の環って言われたって、前世の記憶があるわけじゃないから、今の俺にはピンとこない。今の人生で好きな相手と暮らせるなら、それが一番幸せだろう？　椽さんは、俺を絶対守ってくれるだろうしね」

さらりとそんなことを言う。それに椽はため息をついた。

「男前が過ぎんだろ、あんた」

「褒められてんのか貶されたのか、よく分かんないけど、ありがとう？」

疑問符を付けながら礼を言った倉橋に椽は苦笑した。

「まあ、あんたが納得してんなら俺は安心してる。ただ、俺が軽々しく切り出したとは思わねえでほしいんだ。……輪廻から外すってことは、あんたの魂がこの先成し遂げるはずだったすべてを奪うってことだ。だからこそ、人は眷属じゃなく、贄として寿命のうちだけそばにいられるようにすることのほうが多い」

その言葉に倉橋は、

「……正直、そう言われても事の重さについては、やっぱりよくわかんないっていうのが実際のところかな。多分、俺が橡さんたちの世界のことを知らないっていうか、輪廻とか転生とか、そういったことの持つ深い意味とか影響とか、分かってないからだと思うんだけど……それを知ってる人たちからしたら、眷属にするってことが、軽い話じゃないのは、理解した。……頭で、だけど」

そう言ってから、

「だから、琥珀さんは切り出せないってことなのかな」

推測を続けた。それに、橡は頷く。

「俺は、そうだと思ってる」

即答した橡に、倉橋は少し考えるような表情を見せたが、

「橡さんにしても、琥珀さんにしても、俺たちよりも『この世界の仕組み』みたいなものについては、よく知ってるっていうか、俺たちの大半が知らずに終わることをわかってるんだろうと思う。だからこそ、不用意に言えないってことも多いんだろうね」

その中には『知らなくていいこと』も含まれているはずだ。

だからこそ、言うことができないということなのだろう。

「でも、選択肢として、与えられたほうが嬉しいってこともあるよ。……一時、橡さんたちみた

いな世界の人と知り合ったってだけなら、何も知らないほうがいいのかもしれないけれど、俺や香坂はもうそういう範囲を越えてるから」

倉橋の言葉を聞いて、椽は、

「確かにそうだな……」

そう言いながらも思案気だ。

その椽に、倉橋は、

「まあ、若干、俺が引っ掻き回したようなところはあるけど、どうなるのかは、あの二人の問題だから……俺たちが今、これ以上気を揉んでも仕方ないかな」

と言ってから、

「で、一応、椽さんに言っておきたいのは、今のところ、まだ淡雪ちゃんは静かにしてるねってことなんだけど？」

そう付け足した。

その言葉に、椽は一瞬、頭にクエスチョンマークを浮かべたような顔をしたが、すぐにその意味を悟った。

「……このまま、朝まで静かにしててくれりゃいいんだけどな」

苦笑いしてから、椽は手で倉橋を呼び寄せる。

それに倉橋は手と足をついて、椽のそばに猫のように近づくと、そのまま椽に顔を近づけて口づけた。

倉橋の舌が誘うように椽の唇を割って、入り込もうとする。

椽は倉橋の後頭部をしっかりと手で捉えると、倉橋の舌を自分の舌で絡めとって弄び、逆に倉橋の口腔へと押し入った。

口の中を好き勝手にかき回しながら、倉橋の体を布団へとゆっくり押し倒していく。

そして倉橋が纏《まと》っているパジャマのボタンを外してはだけると、胸元の小さな尖りを指先で撫でた。

「っぁ、……ぅっ」

口づけに阻まれた声が微かに漏れるが、椽はかまうことなくそれを弄ぶ。

くすぐったさと同時に甘い感覚が湧き起こり、背筋を這い上ってくるのに、倉橋は体を震わせた。

胸を弄る手はそのまま、もう片方の手が下肢へと伸び、下着の中へと入り込んで倉橋自身を捉えた。

口づけと胸への愛撫《あいぶ》で兆していたそれをやわやわと揉みしだくと、倉橋が逃げを打つように体をくねらせようとした。

「嫌じゃねえだろ？」

唇を少し離し、椽がからかいを含んだ声で問う。

「……ほんと、いい性格」

羞恥を滲ませた表情で、わざと睨んで返してくる倉橋に、

「お褒めに与《あずか》り光栄だよ」

椽は笑って言うと、

「脱いじまえよ。……腰、あげられるか？」

そう促してくる。倉橋は小さく息を吐いて、腰を上げた。

椽は慣れた様子で手早くパジャマのズボンごと、下着を下ろす。

中途半端に熱を孕《はら》んだ自身が目に映り、それが浅ましく思えて倉橋は視線を逸らす。

その様子に椽は、倉橋に分からないように少し笑む。

自分から誘ってきて、男前なところを見せたかと思えば、こんなふうに恥じらいを見せる。そのギャップがどうしようもなく愛しいと思う。

椽は気をよくしながら、倉橋の足からすべてを取り払うと、倉橋自身に再び手を伸ばして握り込む。

そして先端を親指の腹で撫でまわした。

「ん…ん、…っふ…」

甘い声を漏らす倉橋の唇を椽は口づけでふさぐ。

濡れた水音を立てながら、倉橋の口腔を思うさま舐めまわし、手の中の倉橋自身にも強い愛撫を与えていく。

先端を指先で揉みたててから、蜜穴を指の腹で強く押しながら擦ると、あっという間に蜜が溢れ出した。

その蜜を全体に塗り広げるようにしながらまた扱《しご》いてきて、倉橋はぐずぐずに蕩《とろ》けそうな快感に声を上げた。

「んっぁ、あ……あっ」

唇の合わせ目から漏れる濡れた声はひどく淫らで、そんな声を上げているのが自分だと思うといたたまれない気持ちになるのに、椽は今までよりも強く倉橋自身を愛撫する。

「ぁっ、あっ……、ぃ…、あ、ぁっぁっ……」

ぬちゅ、にちゅ、と聞くに堪えない音が響いてくる。

「ビクビクしてんな。もう、そろそろイキそうか？　どろどろになってる」

耳元でわざと倉橋自身の様子を伝えてくる。

その光景を倉橋が想像するように。

「んっ、ぅ……あ、あっ！」

椽の思惑にまんまと乗せられて、脳裏に浮かんでしまった光景に倉橋は体を強張らせた。

「ほら、イケよ」

囁きざま、甘く耳朶を噛むのと同時に手の中の倉橋自身をきつく扱きたてる。その刺激に抗えず、倉橋は達した。

「……っあ、あ、あぁああっ」

蜜を放つ間も愛撫の手は止められず、倉橋は絶頂の最中に与えられる刺激に体をヒクヒクと震わせ続けた。

頭の中を繰り返し白い光が飛んで、何も考えられなくなる。

全部の蜜を搾り取るまで倉橋自身を弄んでから橡はようやく手を離した。

だが、そこが終わりではないことを倉橋も知っている。

橡の手が伸びたのは、まだつつましやかにすぼまっている後ろの蕾だった。

絶頂の余韻で力が抜けている倉橋のそこは、押し当てられた橡の指を簡単に受け入れてしまう。

いや、むしろそこで得る快感を知っているからこそ、入り込んできた指へ、まるで絡みつくようにして内壁がうごめき始めた。

「ん、…ぁ、…あ、あ！」

ぐりっと音がしそうなほど強く、倉橋の弱い部分を橡の指がえぐる。

「あ、あ」

人体の構造として、そこで感じても不思議はないという理解はしていたし、実際橡とこういう関係になってから幾度となく身を以《も》って経験しているが、どうしても、最初はいつも恥ずかしさのほうが勝る。

とはいえ、そんな羞恥は、指が増やされるとあっという間に飛んで、感じる以外のことができなくなった。

「あ、アッ……、そこ……っあっぁっ、あ……」

ビクッビク、ビク、ビクッ…と、そこを突き上げられるたびに不規則に体が痙攣して、声が勝手に漏れてしまう。

気持ちがよくて、仕方がなくて——それなのに、指では届かないその先が、疼《うず》きだす。

そのままとけてしまうくらい気持ちがいいのに、足りない、と体が焦れ始めたのを見て取った椽は、倉橋の中から指を引き抜くと、下着ごとパジャマのズボンを押し下げて自身を取り出した。

すでに猛ったそれを、食むものを失ってひくついている倉橋の後ろへとあてがうと、そのまま無遠慮に押し入ってきた。

ズルズルと襞を擦り上げて入り込んでくる感触に、倉橋の腰が跳ねる。

「暴れんなって。抜けちまったらあんたが物足りねえだろ」

笑みを含んだ声で椽は言ってくるが、それに言葉を返す余裕はなかった。

指で触れられることのなかった奥が、待ちわびた刺激に震えて、悦楽以外の何も考えられなくなっていたからだ。

「あっ…あっ——！　…ぁっ…、っ、ンァ……ッ」

喘《あえ》ぐしかない倉橋を満足そうに見下ろしながら、最奥まで入り込んだ椽は、ほんの少し、焦らすような間をおいてから、ゆっくりとした動きで腰をゆすり始めた。

「あっあっ……あっ、ぁっ……、やば、っ、あ、ぁ、ぁ……」

「あんたの好きなとこ、全部してやる。好きなだけイケよ」

浅い場所まで引いて、前立腺をしつこく擦りたてたかと思えば、行き止まりのような奥まで入り込んで腰を回すようにしてこねる。

ずにゅっずっ…ずぶ、ズズッ、と感覚的な音が聞こえてきそうなほどに揺さぶられて、頭の中に白い光が繰り返し飛び始めた。

「あっ…あっあっ、つ…ばみさ……、……ぁっ、あ、ん、んっ、あぁあっ！」

中が不規則な痙攣を始めて、極める準備に入る。下腹が変な動きをして、あ、と思った瞬間には、内壁が倉橋の意思とは別のところで中の椽を食い占めるようにキック締まった。

「あっあああッッあ……」

中だけでの絶頂は長く続いて、その間も椽は締め付けを楽しむようにしながら、叩きつけるような抽挿を繰り返した。

「っぁっ…、っ、ーーっ、ぁ…ぅっ……ッ」

声にならない喘ぎが倉橋の口から上がる。

椽と倉橋の体の間に挟まれもみくちゃにされていた倉橋自身に再び椽の手が伸び、深く中を穿《うが》つのと同時に先端を扱き立てられ、倉橋自身が弾ける。

「あ…っあ、あ」

「……っ」

わずかに椽の押し殺したような声がした瞬間、倉橋の中で熱が広がる。

「ぁ、あ……あ」

放ちながら、すべてを吐ききるように椽はなおも腰を遣う。

達したままの肉襞は擦られる感触に歓喜して、倉橋は繰り返し絶頂を味わわされ、一瞬、軽く意識が飛んだ。

「大丈夫か？」

頰に優しく触れてくる椽の指先の感触に意識を呼び戻された倉橋は、いつしか閉じていた目を薄く開いた。

「ん…少し、休めば平気」

その言葉に椽は優しく微笑んで、倉橋の額に唇を落とす。

「……淡雪、大人しいな」

「いい子な夜、なんじゃない？」

時々、何の気まぐれか、淡雪が朝までぐっすりな夜がある。

どうやら、今夜はそれのようだ。

「いい子にしてるうちに、もっかい、いいか？」

耳元にお伺いを立ててくる椽に、

「いいよ。……でも、一度、抜いてくれる？　このままだと、休めない」

倉橋がそう返すと、椽は多少残念そうな顔をしたものの、体を起こし、倉橋の中から自身のそれを引き抜く。

「……っ」

体の中から引き抜かれていくその感触だけでも、まだ悦楽の余韻の濃い倉橋は体を震わせたが、それでも声が漏れるのは堪えた。

そんな様子に気をよくしながら椽は倉橋の隣に体を横たえる。

倉橋はそっと頭を傾けて、椽の顔を見た。

「……俺は、どの程度、眷属に近づいてる？」

自分が、まだ眷属としては不完全だということを倉橋も知っている。

使役するためではなく、伴侶としての眷属であり、また倉橋が人間であることから、椽の眷属になるにはいささか手順を踏まねばならない。

そのうちの一つが、倉橋を椽の「気」で満たすことだ。

繰り返し交わることで、椽の「気」は倉橋へと蓄積されていくのだが、それがなかなか、なのだ。

会う機会が限られていることもあるし、会えても淡雪が協力的ではない夜もあるので、思ったようには進んでいない。

倉橋が女性であれば、強引なやり方——懐妊させて、子供を通じて「気」を満たすという方法もあるのだが、男なので無理だ。

そのため、淡雪の機嫌のいい時を狙って、進めるしかないのである。

「三分の二ってとこだ。……淡雪を三日くらいどこかに預けられるんなら、一気に終わらせられるんだがな」

椽のその言葉に、

「三日間、俺は喘がされっぱなしってこと？　体力が持たないよ」

倉橋は苦笑する。

「飯を食う時間くらいはやる」

「それ以外はずっとってことだよね？　爛《ただ》れてるなぁ」

そう言ってクスクス笑う倉橋が可愛くて、椽は倉橋へと手を伸ばし、頬に触れる。

「あんたは、そういうの嫌か？」

問う椽に、倉橋は少し笑い、頬に触れる椽の手の上に、自分の手を重ねた。

「残念ながら、やぶさかじゃないよ」

倉橋らしい返事に椽が笑ったその瞬間——何の前触れもなく、突然、これまで聞いたことがないほどの雷鳴が空気を裂いた。

そのあまりの音に驚き、倉橋は一瞬身をすくめたが、椽はすぐに体を起こすと、空中に指先で文字か模様のようなものを描いた。

そして、倉橋を見る。

「この家に結界を張った」

「え……？　結界？」

漫画や小説などでは、結界は外敵から守る時に張られることが多かったように思う。

それを、この家に張った、ということは外に何か、よからぬ者がいるのだろうか。

「今の雷と関係が……？　何かが襲ってくるのか？」

「いや、その気配はねえが……さっきの雷は、龍神のものだ」

椽は言いながら身支度を始める。

「龍神って、香坂の家にいる？」

「ああ」

「香坂の家で何かあったのか？」

倉橋も慌てて体を起こした。

「いや、分からねえ。だが、普通じゃねえってことは分かる。……俺が確認してくるから、あんたは淡雪のそばにいてやってくれ」

椽のその言葉で、倉橋は淡雪が泣いているのにやっと気づいた。

おそらく雷で起きてしまったのだろう。

「分かった。……けど、椽さん」

普通じゃない、というのは、危険だということではないのだろうか。

もしそうなら、橡を行かせていいのかどうか、倉橋は悩む。

危険なら、行ってほしくない。

だが、香坂家は橡の領地の近くだ。

総領である橡は、領地の生きとし生けるものを守る義務がある。

「……気を付けて」

倉橋は本音を殺し、送り出す。

「ああ。……心配すんな。危ないことはしねえ」

橡はそう言うと立ち上がり、腰高窓へと向かっていった。

そして、ガラス戸を開け放つと、窓枠に足をかけ、そのまま窓の外へと飛び出した。

直後、はためく翼の音が聞こえ、それは徐々に遠ざかる。

——橡さん……。

胸のうちで名前を呼んでから、倉橋はとりあえずパジャマを身に着け、階下の淡雪のもとへと急いだ。

◆◇◆

ぐっすり寝ていたところを突然の雷鳴で起こされた淡雪は、予想通り絶好調に機嫌が悪く、倉橋が抱いて居間に連れて行き、そこであやして、なんとか騒音レベルのギャン泣きは治まったのだが、未だにグズグズとしていて、時折「ふぇぇ……」と眉根を寄せて泣く。

「うん、雷、怖かったねぇ。せっかく寝てたのにね」

機嫌の悪さに寄り添い、声をかけてやると、声を上げるのだけは治まるのだが、唇を尖らせてご機嫌の悪さは継続しっぱなしである。

眠りを中断されて、体は眠りを欲しているのに、意識が覚醒してしまっていて、そのアンバランスさが気持ち悪いのかもしれない。

——長丁場になるな、これは……。

そう思ったが、どのみち、あの雷がなければ櫞と致して別の意味で長丁場になっただろうから、同じことか、と納得し、倉橋は緩やかに膝を使って揺らし、淡雪が眠れるように仕向ける。

グズグズ言っていた淡雪が徐々に大人しくなり始めた頃、玄関のドアが静かに開く音が聞こえた。

少しすると足音が、ついている居間の灯りを頼りに近づいてきた。

「遅くなって悪ぃ」

謝りながら、椽が入ってきた。

「ううん、かまわないよ。……香坂の家、どうだった?」

倉橋の問いに椽は頭を横に振った。

「分かんねぇ。龍神の結界が強すぎて、外からは気配すら感じられなかった。けど、周辺に変な雰囲気はなかったし、神社へ行って祭神とも話してきたんだが、集落内に異変は起きてねぇし、とりあえず様子見でいいだろうってよ」

「様子見……」

「ああ。警戒の術式を組んで集落に広げてたから、それに何かひっかかりゃ、祭神が処理するだろ。……手が足りねえなら手伝うって言ってきた。祭神には、世話にもなってるし」

椽はそう言ってから、泣いた名残を目元に残す淡雪に視線を向けると、その頬に軽く指先で触れた。

「おまえも、気持ちよく寝てただろうにな」

椽はそう言ってから、倉橋を見た。

「上で、三人で寝るか。もう、そういう気分でもねえだろうし、あんたは朝から仕事だしな」

「そうだね。多少惜しい気はするけど……大人しく寝ようか、川の字で」

倉橋の言葉に椽は頷くと、

「あんた、もうしばらくここで待っててくれ」

そう言った。

「え？　なんで？」

「シテたほうの布団、あのまんまだろ？　いくら寝るのは別の布団ったって、あれおっぴろげたままの部屋に淡雪連れてくのは、ちょっとな」

「淡雪ちゃん、気づかないと思うけど」

あっけらかんと返してきた倉橋に、

「俺が、なんか気まずいんだよ。簡単に片してくるから、ちょっと待っててくれ」

椽はそう言うと二階へと向かう。

倉橋は腕の中の淡雪に、

「淡雪ちゃんのお兄さんは、意外と繊細だよね」

笑って、話しかけた。


すぐに戻ってきた椽と一緒に二階の部屋に向かうと、乱れていた布団は折り畳まれて端に置かれており、汚れていたパッドシーツは別に片づけられていた。

おかげで生々しさを感じさせるものはなく、淡雪を真ん中にして、もう一組の布団に三人で横になった。

淡雪はしばらくはもぞもぞとしていたが、それでも倉橋と橡の二人に挟まれていることで、安心して気を緩めることができたのか、あくびをして、ほどなく寝入った。

「寝てると本当に天使だね」

「起きたら悪魔だけどな」

即答する橡に、倉橋は笑ってから、

「何事もなく、橡さんが帰ってきてよかった」

まっすぐに橡を見て言った。

「悪ぃ、心配させた」

「それが橡さんの仕事だって分かってるし、どうしたって、心配は勝手にしちゃうから、気にしなくていいよ」

――説明させたうえで『だが断る』ってなる流れかな――

――物分かりのいい顔をして送り出して、橡さんに万が一のことがあったら、俺は一生後悔するから――

それは、くしくも今日の昼間、涼聖に話した言葉だ。

あの時は、そう思っていた。

けれど――分かっていても送り出さなければならない時はある。

今夜のように。

「できるだけ、あんたに心配かけねえですむようにはするつもりだ」

椽が言うのに、倉橋はただ黙って笑みを浮かべ、頷く。

「……俺たちも寝るか」

椽は言うと、電灯の紐を引っ張って豆電球にする。

「おやすみ、椽さん」

挨拶をして、目を閉じた倉橋の耳に、

「ああ、おやすみ」

すぐに椽の声が返ってきた。

その声を耳に閉じ込めながら、今度涼聖に会ったら、あの言葉を少し訂正しようと、そう思ったのだった。

# 月草様の深い「アイ」

CROSS NOVELS

その日、月草《つきくさ》は朝からどこか落ち着かない様子だった。

もちろん、仕事をおろそかにするというわけではないのだが、仕事の合間に何か気づかわしげな様子を見せ、息を吐く。

そば仕えの女官たちは、そんな月草の様子を心配しつつも、不用意に慰めの言葉をかけることもできなかった。

理由を知っているからだ。

通常、月草が似た様子になるのは、基本的に「陽殿《はる》の成分が足りぬ」時である。

目に入れても痛くないどころか、目に入れて連れて帰りたくなるほどに愛でている、愛らしい仔狐の陽に、力を預かりに行くという名目で二月に一度は必ず会いに行っている月草である。

前回が四月で、今は六月。頃合いと言えば頃合いで、成分が減りつつあることも確かなのだが、今回ばかりはそれが理由ではない。

稲荷《いなり》神の一柱が野狐《やこ》化より生還したことから発覚した、何者かによる邪法の策略。

相手の正体を摑むには至っていないが、根城と思われる場所が分かり、そこを急襲するための兵士を月草の配下からも送っているのだ。

彼らへの心配は当然のことだが、参戦している稲荷の中には月草の腹心の友と呼んで差し支えのない玉響《たまゆら》もいる。

今もおそらくは最前線で気を張っているだろう玉響や、やや後方で守りに徹しているとはいえ、自分の配下の者たちが戦いに臨んでいるのを思えば、こうして安全な場所で安穏としていることが落ち着かないのだ。

「……やはり、わらわも行くべきだった」

ぽつりと月草は呟く。

その言葉にそば仕えの女官は慌てる。

「月草様がご心配なのは分かりますが、月草様は、この神社の主神でおいでです。月草様の身に何かありましたら」

「分かっておる。……ああ、気軽に動けぬこの身がもどかしい」

月草はそう言い、わずかに眉根を寄せたものの、

「まあ、今、それを言うたとて詮無いことじゃ。気遣わせてすまぬな」

一つ息を吐くと、止めていた手を再び動かし、書状の返事の続きを書き始める。

だが、どうにも不安が拭えず効率が悪い。

その様子に一番月草の近くに控えていた女官は、戸口に控えていた女官に目配せをし唇の動きだけで何事かを告げる。

それに戸口にいた女官は頷き、月草に気づかれぬように部屋の外に出ると、足早に本殿を出て神社の入口にある鳥居へと向かう。

鳥居では今日も狛犬《こまいぬ》兄弟が参拝客の様子や、こっそり入り込もうとする不埒な輩――いわゆる

『人』ではない者だ――がいないか、しっかりと見張っていた。

「阿雅多《あがた》殿、浄吽《じょううん》殿」

小走りにやって来た女官が声をかけると、二人は軽く女官に視線を向けた。

「どうなさいましたか、女官殿」

浄吽が問うのに、女官は、

「月草様が、稲荷の方々の作戦におもむいた兵のことをご心配になり、少し落ち着かれぬご様子なのです」

月草の様子を報告する。

多少腕に覚えがある者を選抜して応援として送ってはいるが、そもそも月草の神族は戦事に向く気質ではない。

そのため、兵士も質という点で戦いに向いているとは言えないため、不安は確かにあるだろうと思う。

「どのようなことをおっしゃっておいででしたか？」

浄吽の問いに女官は、

「『やはり、わらわも行くべきだった』と……」

先ほど聞いた月草の言葉を告げる。

その言葉に、

——ヤバい。

阿雅多と浄吽の二人が同時に、同じことを思う。

何がヤバいのかといえば、月草が心配のあまり、本当に行きかねない、ということである。

何しろ今日の作戦には、月草の親友である玉響も参戦している。

自身の兵士が心配なのは当然だが、親友が戦場におもむいているというのに、自分は安全な場所で待つだけという状況にも落ち着かないのだろう。

その落ち着かなさがマックスに達して、

『やはり、わらわも行く！』

になりかねない危うさはかなりある。

月草の神族は、戦事に向いた気質ではないが、かといって、戦えぬわけではないのだ。

今回の作戦の主軸である稲荷とて戦向きではないが、戦におもむいているのだから、それと同じことである。

そして月草は、つい最近まで阿雅多と浄吽も知らなかったが、護身術に長けている。

というか、護身術という域を超えている。

何しろ、月草の私室の奥にある納戸には多くの武具が仕舞われている。

女性の護身用武具と聞いて、阿雅多と浄吽が真っ先に思い描いたのは薙刀だったのだが、仕舞われていた武具は予想とまったく違っていた。

真っ先に見せられたのは、月草が一番愛用しているメリケンサックであり、その次にヌンチャク、トンファー、三節棍にもなる六尺棒……と続いた。

メリケンサックとヌンチャクに関しては、月草が手に取り、使っているところを披露してくれたのだが、正直、非戦闘系の女神だと侮って近づいたら、痛い目どころか命があるかどうかすら……というレベルだった。

おそらく、これまでに月草が愛用してきた武具は他にもいろいろあるだろうということはなんとなく察せたのだが、それ以上のものについては触れず、早々に話をまとめて終わらせたのは記憶に新しい。

その月草が、焦れて「やはりわらわも助太刀に！」と、止められぬ勢いになる前に、阻止しなければならない、と狛犬兄弟は意見を一致させた。

「交代時間を少し早めて月草様のもとに伺います」

浄吽が女官にそう説明する間に、阿雅多は音声通信専用のビー玉くらいの水晶を取り出すと、交代予定の狛犬に『あ、悪いが、交代時間一時間ほど早めてもらえるか？　月草様のところに伺うことになった』と連絡を入れていた。

そんな狛犬兄弟に、よろしくお願いします、と頭を下げ、女官は月草のもとへと戻って行った。

予定通り、一時間早めに鳥居番の任務を交代した阿雅多と浄吽は報告を装って、月草のもとにやってきた。

「月草様、鳥居番のご報告に参りました」

廊下から浄吽が声をかけると、すぐに「入ってたもれ」と月草の声が聞こえ、襖戸近くにいた女官が襖戸を中から開いた。

それに阿雅多と浄吽は月草の執務室に足を踏み入れる。

文机の左右には処理待ちと、処理を終えた文や書類などが積まれていて、処理を終えたものは随時女官が関係部署へと運んでいるため、さほど積み上がってはいないが、処理待ちのものはいささか普段よりも多い。

処理する数はいつもとさほど変わらなかったはずだ、と、狛犬としての本来の仕事である鳥居番以外にも、月草の秘書的な仕事も行っている浄吽は、軽く記憶を巡らせる。

作戦のことが気がかりで、月草の集中力が途切れがちなのだろうことが、察せられた。

「大事ないか?」

月草が問うのに、

「はい。万事滞りなく」

阿雅多がそう返すと、月草は頷いてみせた。

「それは良かった。……さほど心配せずともよいとは思うが、例の作戦が進行中ゆえ、なんらかの異変が起きぬとも限らぬ。来る者をよくよく、精査しておくれ」

「交代についた者にも重々、伝えております」

阿雅多が言うのに続けて、

「月草様も、何かと気がかりなご様子ですが、お手伝いできることはございますか」

浄吽が問う。

月草は、まるでその言葉を待っていたかのように口を開いた。

「詮無いこととは言え、どうにも落ち着かぬのじゃ。玉響殿が戦場に身を置いていらっしゃるというのに、わらわはこうして安全な場所で待つしかできぬ。後方の守りに、とはいえ我が方から彼の地に送り出した兵のことを考えても……」

そう言って息を一つ吐き、続けた。

「ともに戦いの場に身を置くことができたほうが、どれほど、と思うのじゃ」

それを聞いた瞬間、阿雅多と浄吽は互いの胸のうちで、

――キターーーーーーー。

何なら最後にＡＡ《アスキーアート》でも付けそうな勢いで、呟いた。そして、ちらりと目配せをしあい、

「月草様、僭越《せんえつ》ながらそれはいささか違うかと」

浄吽が切り出した。

「違う？」

意外だといった様子で月草が問い返し、浄吽は頷いた。

「月草様のお気持ちが分からないというわけではありません。ですが、実際に戦場におもむくことだけが戦いの形ではないと思うのです」

静かな声で返した浄吽に、月草はただ黙って言葉の続きを待つ。

「玉響殿だけでなく、琥珀《こはく》殿、伽羅《きゃら》殿も我が方から出た兵とともに後方支援のため戦場においでだと伺っております。玉響殿は秋《あき》の波《は》殿を、琥珀殿、伽羅殿は陽殿や香坂《こうさか》殿を残しての出陣です。お三人とも、万が一の時には、月草様が皆の守り役となってくれると信じていらっしゃるからこそ、出陣されたのではないでしょうか」

浄吽の言葉に、月草ははっとした。

はっきりとそれを言葉にしたわけではないが、玉響に何か不測の事態が起きれば、秋の波は自分が保護を、と月草は思っているし、玉響もそれを感じているだろう。

もちろんそんな事態はないことが望ましいし、本宮側で何とかできるだろうとは思うが、受け皿はいくつあっても困らないのだ。

そして、今回の作戦が、考えたくはないが、もし失敗などということになれば人界にも影響が及ぶ可能性がある。

そうなれば、いくら龍神とはいえ、復活途中の身では香坂家のすべてを守るということは難しくなる可能性もある。

人間である涼聖を神域へと招くことはできないが、陽ならば可能だ。もしかするとシロもいけるかもしれない。

龍神《りゅうじん》も涼聖一人であれば守ることは、簡単ではないができるだろう。

「出陣している我が方の兵は、月草様をお守りするため、と思っております。その月草様が前線に出られ、何かあれば、彼らは何のために出陣したのかわからなくなります」

浄吽の言葉に月草は頷いた。

「そうじゃな。何も戦場で力を振るうことだけが戦いではないな」

月草の返事に、狛犬兄弟はホッとする。

——とりあえず、戦場に行きたい、は回避できましたね。

——そうだな。よくやったぞ、浄吽。

心のうちで二人は語り合う。

何が何でも助太刀に行くモードへ切り替わる前に、月草を説得できて本当によかったと二人は思うのだ。

月草が何が何でもモードに入ると、説得するのはなかなか難しい。

最終的には説得するしかないのだが、説得できる者も限られる。

というか、現状、浄吽くらいしかいない。

他の女官は、まだ月草との付き合いが浅く、浄吽ほど月草を落とすコツのようなものを摑んではいないのだ。

もちろん、その浄吽でも、月草を落とせない時はある。

というか、浄吽判断で、多少自分が骨折りをすることにはなるけど「ま、いっか」な場合は、多少の予定変更をしてもらうくらいはあるが、月草の希望に添えるようにしている。

何しろ、月草はこの神社の祭神であり、なくてはならぬ存在だ。

そのため、多忙で何かとストレスを抱えがちなのだ。

月草に何かあってはこの神社の存続に関わるどころか、この神社の氏子、そして守っている地域にも影響が出てしまう。

だから、ある程度は容認する。

そもそも月草は、少し前まで自分の願望を口にすることなど滅多になかった。

自分のもとに集う人たちが少しでも笑顔でいてくれれば、忙しくとも満足、といったタイプだったのだ。

しかし、陽との出会いでそれは変わった。

陽の愛らしさに沼落ちし、とにかく陽を愛でたいという気持ちが溢れ出したのだ。

むしろ恋と言ってもいいほどである。

それでも月草は、自分は神社の祭神としてここを空けるなど、と最初は陽と文通をしていた（今も続いているが）。

しかし、文通では足りなくなり、とうとう会いに行くようになった。

そのためにスケジュールを調整してほしいというのが、月草が明確に言葉にした「願望」だったのだ。

そんなささやかな願望を叶えないわけにはいかない。

折しも、陽の増え続ける妖力を預かる者が必要になり、月草が陽を愛でに行くタイミングで陽の妖力を預かる、ということになった。

陽を通じて、秋の波と出会い、そして秋の波の母である玉響とは初対面から、まるで「百年前から親友ですけど、何か？」くらいの意気投合を見せ——今では人界へともに出かけるほどに仲がいい。

忙しさは変わっていないので、スケジュール管理はどんどん難しくなっているのだが、月草が陽と出会ってからこっち、月草の力は増した。

それまでも、力のある神ではあったのだが、当社比一・五倍くらいの勢いで、増した。

そのせいもあって、近頃では人界の「パワースポット最新版」的な特集では、常連である。過去にもそういった特集で名前が挙がったことはあるが、常連という感じではなかったのだ。

これも、月草が生き生きとしているおかげだろうと思う。

そして、月草の力が増せば、その重要性も高まる。

だからこそ、月草を危険な場所に送るなどということは、できないのだ。

「此度の作戦が無事に終われば、秋の波殿も少しは落ち着かれるのではないかと思いますから、玉響殿とともにお出かけされることもできるでしょう。その時に陽殿もお誘いすればと思います。それこそ、以前から秋の波殿が楽しみにしていらっしゃるウサミーランドなどに行かれても」

月草を説得したあとには、必ず浄吽は飴も出す。

先の希望を提示することで、月草の心を折らない作戦である。

「おお、よい案じゃな。ぜひとも泊まりで……園内のホテルを取れば、ゆっくり楽しめるなぁ」

と嬉しげに言った月草だが、不意にその表情が強張った。

そして、突然立ち上がり、文机を飛び越えたかと思うと、廊下に出て先の窓を開くと両手の間に作り出した結界を窓の外へと放った。

放たれた結界は半球状で空中に展開され、次の瞬間、その結界内に複数の人影が見えた。

「……あれは…」

「稲荷の……」

すぐに月草のあとを追って廊下に出てきた阿雅多と浄吽は結界内の人影を見て呟く。

そこにいる人たちは「人」の姿をしているが、人にはあり得ぬ獣耳を持ち、尻尾まであった。

そしてその中の一人は豪奢な金色の長い髪をしていて――それが玉響だということにすぐに気づいた。

「なぜ、玉響殿が」

「では、あの結界の中にいるのは……」

廊下には次々に女官が出てきてざわつき始め、庭のほうでも急に現れた半球状の結界に護衛兵が集ってきていた。

その中、月草は慎重に結界を地面に下ろすと、扉へ向かう時間も惜しい様子で窓枠に足をかけ、そのままポーンと強く蹴りだし、外へと飛び出した。

「月草様っ！」

狛犬兄弟が声を揃えて叫び、女官たちからは悲鳴が上がる。

月草の執務室は本殿の二階にある。

そのため、結構な高さなのだが、月草は蝶々のように着物を翻しふわりと飛んで、軽々地面へと下りた。

「ああ、もう！」

「行くぞ」

狛犬兄弟も急いで窓の外に飛び出し、月草のあとを追った。

結界に近づいた月草は、

「領内の結界を強める。警備兵、不測の事態に備え迎撃態勢を取れ。それからすぐに救護の者を集めよ！」

指示を出しながら、人界を含めた月草の領内の結界を強めた。そして警備兵が急ぎ態勢を整えたところで、半球状の結界を解く。

「玉響殿！」

月草は即座に玉響に駆け寄る。

「月草殿、ご迷惑をおかけして申し訳ございませぬ」

「迷惑などと、そのようなこと……！　お怪我は？」

「わらわは大丈夫ですが、兵の中には傷を負った者が多数おります」

玉響の言葉に月草が指示を出すより早く、阿雅多と浄叶によって、月草の命で集まってきた救護班は状況確認に入っていた。

「重傷者はその場にて応急処置を」

「動くのに支障のない方はこちらへ」

無駄のない動きで救護班が動く。

「属す神族が違いますゆえ、応急処置しかできませぬが」

月草が申し訳なさそうに言うのに、

「いいえ、急な申し出にもかかわらずすぐに対応していただけて、なんとお礼を申し上げてよいやら。本来であれば本宮に戻るべきなのですが、黒曜《こくよう》殿が傷を負われて先に本宮に。そこにわらわたちが戻れば混乱を来すと思い……一時的な退避でもさせてもらえればと、こちらに」

玉響が申し訳なさそうに返す。

「礼など、わらわと玉響殿の仲ではございませぬか。頼っていただけて、むしろ嬉しゅうございまするよ」

月草がそう言った時、

「月草様、追っ手はないようですが、引き続き警備兵に警戒態勢を取らせます」

阿雅多が報告し、ついで、

「怪我をされていない方や、応急処置を終えられた軽傷の方は、大広間にてお休みいただくよう手配しました。重傷者の方は応急処置後、治療院のほうに」

浄吽が報告する。

「分かった、そのようにしてたもれ」

月草はそう言ってから、玉響に視線を戻した。

「玉響殿もお疲れでございましょう。わらわの部屋でしばしお休みくださ い」

月草が促すと玉響は頷いたが、

「少し、お待ちくださいますか」

と言ってから、一度月草から離れた。玉響が向かった先は重傷を負い、その場で手当てを受けていた影燈《かげとも》のところだった。

その様子を見ながら月草は、

「阿雅多、浄吽、我が方から出した兵がどうしているか、探ってたもれ。……あの黒曜殿が傷を負われ、玉響殿の部隊もこの様子とあれば、琥珀殿や伽羅殿と行動をともにしたうちの者も、後方支援とはいえ無傷ではないやも知れぬ」

小さな声で指示を出す。その言葉に二人は頷いた。

黒曜は手練れだ。傷を負ったとはいえ撤退をするほどとなればかなりの深手だった可能性がある。そして玉響の部隊の重傷者を見ても、そうとうなことが起きたのが見て取れる。

そこから察するに、後方支援といえども無事ではない可能性のほうが高い。

ややすると玉響が戻り、月草は玉響を伴って私室へと向かった。

月草の私室に案内されて、玉響が最初に行ったことは白狐との連絡だった。

月草の結界に守護された時に、玉響は意識共有を切っていた。その寸前までは意識共有をしていたので、月草のもとに向かったことは白狐も知っているだろうが、改めて連絡をしておく必要があった。

音声通信のみの小さな水晶玉を使い、白狐《びやっこ》に月草のもとで保護されていることを伝え、重傷者はいるものの全員無事で、的確な処置を受けていると伝えると、白狐はホッとしたように息を吐いた。

『そうでおじゃるか。不幸中の幸いでおじゃる。月草殿には、迷惑をかけて申し訳ないが……』

白狐の言葉に、

「何をおっしゃいますやら、白狐殿。わらわと玉響殿の仲でございますもの、迷惑など何一つとしてございませぬよ」

月草が明るい声で告げる。

『そう言ってもらえると、心が軽くなるでおじゃる。こちらが落ち着き次第、そちらの兵を帰還させるゆえ、しばし頼むでおじゃる』

白狐が返すのに、

「白狐様、琥珀殿や伽羅殿とともに後方支援に回ってくださっていた月草殿の部隊の方々は、本宮にお戻りでしょうか」

気になっていても、月草からは問いづらいだろうからと玉響が聞いた。

その問いに、白狐は表情を曇らせた。

『それが、分からぬのでおじゃる』

「「え?」」

戸惑いの声は玉響と月草、同時だった。

「分からぬとは、どういうことでしょうか」

玉響が続けて問うと、白狐は少し間を置き、答えた。

『言葉通り、行方が分からぬ。……そなたらとは違い、意識共有ではなく水晶玉にて様子を見ていたでおじゃるが……黒曜やそなたが襲われたのとほぼ同時に、敵襲に遭った』

白狐の言葉に玉響と月草は息を呑む。

襲撃で混乱を極めている様子までは伝わってきたようだ。だが、そのさなかに水晶玉が破損したのか、情報が途切れ、それきりになったらしい。

『彼の地を遠隔で探ったが、気配がないゆえ、撤退したと考えてよいと思うでおじゃるが、その後の行方が追えぬ。……伽羅は七尾とはいえ、八尾となるに充分な実力を有する者ゆえ、どこか安全な場所に皆で一時的に身を隠していると思うでおじゃるが……』

それが希望的観測であるのは白狐とて承知している。敵に捕らわれた可能性もないわけではないが、やすやすと連れて行かれるとも思えない。

遠隔で視た後方支援部隊のいた場所は岩盤崩落が起きたように地面が一部分、陥没していた。そこに誰か取り残されていないかと探ったのだが、気配はなく、ところどころに消えかかった妖の骸が視える程度だった。

『大事な兵を借りておきながら、このような事態は心苦しい以外の何物でもないでおじゃるが、全力で行方を追っているゆえ、しばし待ってほしいでおじゃる』

白狐の言葉に月草は頷いた。

「大変な状況であることは、理解しておりますゆえ」

玉響が本宮に戻らず、ここに来たくらいだ。

現場の混乱は容易に分かった。

「では、白狐様、わらわたちはしばらく月草殿のもとにおりますが……秋の波には、わらわも影燈殿も皆無事とお伝えください」

玉響が言葉を添えると白狐は頷いた。

今、秋の波がいる部屋は本殿の居住棟で、作戦に関して動いている場所とは離れているが、慌ただしい空気は届いているかもしれない。

存在そのものが不安定と言っていい秋の波にとって、母親である玉響や、恋仲の影燈に何かあったのではないかという疑念は、早く取り除く必要がある。

『すぐに伝えるでおじゃる。他に何ぞあるか？』

「では、夕餉は母様とともに食べましょうと」

玉響のその言葉に、月草はひそかに感心した。

気負うことなく重ねられる日常のことをともにする、と伝えられれば、「いつも通り」であること――玉響が無事であることが伝わるだろう。

――当然のことではあるが、『母君』でおいでなのじゃなぁ……。

玉響が秋の波の母親であるのは、もちろん認識している。

しかし、普段、月草と会う時には秋の波が一緒のことも多いとはいえ、女子モード過多で過ごす場合が多いので、とりわけ母親であるということを意識する機会はなかった。

しかし、こうした細やかな気遣いを見ると、やはり、母親なのだと改めて実感した。

白狐との通信が終わって少しすると、月草の女官がやって来て、月草に何事かを告げた。それに月草は頷くと、玉響に声をかけた。

「玉響殿、湯殿の準備が整いましたゆえ、さっぱりしてきてくださいませ」

「いえ、そこまでしていただくわけには」

ただでさえイレギュラーで世話になっているのだ。そこまでと思ったのだが、

「他の稲荷の皆様方も、湯殿を使えそうな方には使っていただき、軽く食事をと思っております。それに、玉響殿は本宮にお戻りになられたら、まずは秋の波殿にお会いになるでしょうから、いつでも麗しい母君でいらっしゃらねば」

秋の波のことを引き合いに出すと、玉響は月草の配慮に感じ入ったような表情で笑んだあと、

「そうでございまするなぁ。ではお言葉に甘えまする」

そう言って女官に案内されるまま、湯殿へと向かった。

玉響が少しでも草臥《くたび》れた様子で戻れば、秋の波は心を痛めるに違いない。影燈の怪我は仕方がないにしても、玉響だけでもと月草は思ったのだ。

玉響を見送った月草は、一つ息を吐いた。

黒曜の怪我、玉響の部隊が受けた襲撃、行方の分からない琥珀たちと自分の兵。

——思っていた以上に厄介な相手のようじゃな……。

稲荷ほどではないが、月草の神族でも、いつの間にか廃《すた》れて祠や社から消えてしまった者たちがいる。

信仰を失っての自然消滅だと思っていたが、違う者もいるのだろう。

——こちらでも調査に本腰を入れねば……。

月草は強く心に決めた。

◆◇◆

夕刻前に玉響たちは本宮へと引き上げていった。

しかし、その時刻になっても月草たちの兵の行方は分からぬままだった。

一時的に身を隠しているにしても時間が経ちすぎている。

行方を調査するように命じた阿雅多と浄吽からも、何の報告もない。

——まさか……。

最悪の事態が脳裏をかすめる。

後方支援とはいえ、危険かもしれないと認識したうえで兵士を送り出してはいるが、だからといって仕方ないと受け止められるわけではない。

それに、琥珀や伽羅の行方もまだ分からないというのだ。

「ああ……」

耐え切れず、思わず声が漏れた。

もし琥珀や伽羅に何かあれば、帰りを待つ陽はどれほど悲しむだろう。

今回の作戦に関して、陽には詳しいことは知らせてはいないと聞いていた。

後方支援であるし、何より幼い陽に無用な心配はさせたくないという配慮だった。

――龍神殿は何かお気づきではないのだろうか……。

あの二人と近しい存在である龍神なら、何か異変を感じ取っていてもおかしくはないだろう。

しかし、こちらから先にそれを問うのはためらわれた。

何かを感じ取っていて龍神が悟られぬようにと立ちまわっているのであれば、こちらが動くことで、涼聖や陽たちに知られてしまうことになりかねない。

――やはり、待つしかないか……。

焦燥感を覚えつつも、月草はひたすら報告を待つことにした。

しかし、夜になっても何の報告もなく、寝所へ向かい布団に体を横たえたものの眠ることができずにいた。

どうせ眠れないならと今後の対応について思いを巡らせて時間を過ごしていたのだが、夜半過

ぎに、

「月草様、おやすみのところ申し訳ございません。白狐様よりご連絡が」

寝所の外で寝ずの番についていた女官が声をかけた。それに月草はすぐさま布団から出て、寝所の襖を開ける。

「白狐殿から？」

「はい。通信が繋がっております」

女官はそう言うと水晶玉を月草へと渡した。

「白狐殿、わらわです」

月草が話しかけると、

『おお、月草殿。このような時刻に申し訳ないでおじゃる』

すぐさま白狐が返してきた。

「いえ、起きておりましたゆえお気遣いなく」

『とはいえこの時刻でおじゃるから手短に伝えるが、先ほどようやく、月草殿よりお借りした兵と琥珀殿たちの行方が分かったでおじゃる』

その言葉に月草は息を呑んだ。

玉響たちが月草の神域に避難をしてきてから、半日以上が過ぎている。そんな長い時間、どこに身を潜めていたのだろう。

これほどまでに長い時間、身を潜めていなくてはならなかったことを考えると、被害が甚大で身動きが取れなかったという可能性がある。

月草が覚悟を決めて続きを待ったが、白狐の言葉は月草の想像とは少し違っていた。

『怪我人は多数出ておじゃるが、亡くなった者はおらぬゆえ、そこは安心してほしいでおじゃる』

「……それは、我が方の兵には、ということでしょうか？　それとも全体として？」

『全体としてでおじゃる』

すぐさま返ってきた言葉に、月草はほっとした。琥珀たちも無事ということだ。

白狐の説明によると、襲撃を受けた際に伽羅が負傷し、帰るための座標は伽羅しか知らなかったため、急遽琥珀が現場からの離脱指揮を執り、自分の祠のある香坂家に戻ったらしい。しかし、時間軸を摑み切れず、二時間ほど前の人界に到着することとなったそうだ。

追っ手を警戒した龍神が結界を強めたため、琥珀たちの気配がなかなか摑めず、やっと感じ取れた気配から、本宮より遣いを出し、つい先ほど、香坂家に退避しているのを確認してきたらしい。

『全員、本宮へと移動してもらったでおじゃる。今宵はこのままこちらで全員を預かり、明日、月草殿のもとに帰ってもらうよう手配しようと思うが、それでかまわぬでおじゃるか？』

白狐が言うのに、月草は頷いた。

「白狐殿や本宮の方々にお世話をおかけいたしまするが、そうしていただけると助かりまする」

月草の神社も、二十四時間体制で動いているとはいえ、夜は人員も手薄だ。この時間から兵の帰還受け入れとなると、起きている者だけでは手が足りず、誰かを起こす必要がある。

白狐もそれが分かっているから、明日まで預かると言ってくれたのだろう。

安全な本宮とはいえ、早くこちらに戻りたい兵士たちには申し訳ないが、受け入れ態勢などを整えることを考えて、白狐の提案に甘えることにしたのだ。

白狐との通信を終えると、月草は受け入れ態勢についてまとめ、それを関係部署に朝から対応するように連絡して、眠りについた。

そして翌日、本宮から無事に兵士たちが送り届けられてきた。

怪我をした兵士たちは敵との戦闘で傷を負った者より、現場で起きた崩落で岩に挟まれたりしたことで怪我をした者が多かった。

だが重傷という者は少なく、こちらでの処置というのはあまり必要なさそうだったが、とりあえず治療院へ向かわせた。

そのほか呪詛を食らった者などもいたが、呪詛そのものはすでに祓われていて、あとは経過を見るだけでよさそうだった。

ただ、やはり全員『気』が減っている様子で、それを満たす必要があるため数日、休暇を与えることになった。

「此度は苦労をかけた」

今回、月草の兵の隊長を務めていた男が、午後になってから報告のために月草のもとを訪れ、月草は労いの言葉をかけた。

「いえ……まことに不甲斐ない結果で」

「何を申す。皆が揃って戻ったこと、それだけで充分じゃ。わらわのほうこそ、そなたたちを危険に晒したことを詫びねばならぬ。すまぬな」

それは月草の本心だ。

正体のわからぬ敵のもとに送り出したのは自分なのだから、今回の結果の責任はすべて自分にある。

「いえ、月草様のせいではございません。……言い訳のようになりますが、敵の術中に落ちた時、稲荷の皆様もですが大半の者の身におかしなことが…それも含めてご報告に上がりました」

隊長はそう言うと現場で起きたことを話し始めた。

当初はまったく何もなく、黒曜や玉響たちに異変が起きたのとほぼ同じタイミングで地盤の崩落が起きたらしい。

その落ちた先で地面に呪詛だと思われる文様が浮かび上がったのだという。

「おそらくそのせいかと思うのですが、稲荷の中にも、こちらの兵士の中にも、怪我は負っていないのに力が抜けたように動けなくなる者が複数……。動ける者も、普段通りの動きはできなかったりで」

「……皆、そうだったのか？」

「いえ、数名は影響を受けていない者が。琥珀殿も影響はないようでしたが、伽羅殿は影響を受けられていたご様子で……そのこともあってか、重傷を負われました」

「……なんと……」

命を落とした者はいないと聞いて安堵していた月草は、伽羅が重傷だと聞いて言葉を失った。

「それで琥珀殿が、ご自身の祠のある香坂殿の家へと全員退避を」

「そうであったか……」

「龍神殿がすぐに対応をしてくださり、そちらで応急処置を。真夜中であるにもかかわらず香坂殿も奔走してくださり……その後、本宮へ。伽羅殿も本宮の治癒院に入られ、命に別状はないと」

その報告に月草は安堵の息を吐く。

「そうか、それはよかった……」

だが、一つ気がかりがあった。

「伽羅殿が不在となれば、陽殿も何があったのかと心配されるであろうな」

余計な心配をさせることになるため、陽には詳しいことを話さないと決まっていた。だが、伽羅の不在は長く続くだろう。それをどう説明するのだろうか、落ち着いた頃合いで聞いておかねばと月草が思った時、

「ああ、陽殿ですが、香坂家に退避した時、陽殿も起きていらっしゃいまして」

隊長が言う。

「陽殿が？　では、陽殿は皆が怪我をした様子を目にされたのか」

「はい」

「なんということじゃ……。幼い陽殿がどれほど胸を痛められたか」

月草が言うのに、隊長は頷きつつ、

「しかし、陽殿はお強いお子です。すぐ、怪我をしている兵のもとにおもむかれ、シロ殿とともに治療を」

と話す。

「治療？」

陽は健やかに成長し、妖力もコンスタントに増えてはいるが、まだ「術」は学んでいないはずだ。

それなのに治療と聞いて疑問だったのだが、

「兵が怪我をしている部分に、こう、両手をかざされて『いたいのいたいの、とんでけー』と」

隊長の実演するのと同時に、月草の脳裏にその様子が精細に再現された。

『術』は学んで身につけるものと、心よりの願いとして発動するものがあることは知っておりましたが……陽殿たちの真剣な思いが術となり、わずかとはいえ治癒の効果が。それ以上に、その思いに我らは癒され……」

「そこを、詳しく！　陽殿は、こう、か？　こう両手を揃えて、か？」

隊長の報告の語尾をかき消す勢いというか実際にかき消しながら、月草は今日イチの食いつきを見せた。

「えーっと……？」

「『いたいのいたいの、とんでけー』の、『とんでけー』で手は上じゃな？　少し開き加減か？　それとも真上か？　シロ殿はどこに？　いつも通り肩か？」

ものすごい勢いで聞いてくる月草に、隊長は若干引きながら、できる限り忠実に再現したのだった。


「月草様が陽殿を溺愛されているのはよく知ってるが……今日イチの食いつきがそこってのはなんかなぁ……」

月草のもとを辞したあと、隊長はひそかに狛犬兄弟に苦笑いして報告をした。

「まあ、それも皆様が無事にお戻りになられたからこそですよ。昨夜は皆様の行方が分かるまで眠れずにお過ごしでしたから」

浄吽はちゃんとみんなのことを心配していたのだと告げる。

「そうなのか？」

「ああ。いつまでも寝所の灯りが消えぬと寝ずの番の女官が心配していたそうだ。白狐様からの報告のあと、受け入れのための手配書を纏めて通達を出されて、お眠りになったのは明け方近くだったとか」

阿雅多の言葉に、隊長は、そういえば受け入れもスムーズに行われ、兵士のすべてが至れり尽くせりといった様子で対応されていたことに思い至り、月草の行き届いた思いを改めて感じた。

「多少、生暖かい気持ちになる時もあると思うが、坊主が月草様の活力の源の一つだからな」

苦笑いする阿雅多と、同じく苦笑いして頷く浄吽に、

――あ、こいつらも生暖かい気持ちになることあるんだ……。

陽のもとにおもむくとなれば、常に帯同し、すっかり慣れたというか、ノリノリで一緒に出掛けてるんだろうなと思っていた隊長だが、そうではない様子に笑う。

「まあ、月草様がお元気でいてくだされば、それでいい」

仕える主が健やかであること。

そのために自分たちがいるのだと、隊長は晴れやかな気持ちで、改めて思ったのだった。

おわり

# あとがき

こんにちは。とうとう、とうとう、狐《きつね》の婿《むこ》取《と》り二十巻目です！　わぁぁぁぁぁぁ！　と、興奮を隠せない松幸《まつゆき》かほです。

以前にも何度か書いてると思うんですけれど、一巻を出した時は読み切りのつもりでした。しかし、ありがたいことに、続きを出させていただき、一冊一冊積み重ねていくうちに、とうとう二十冊……。

ここまで長く書かせていただけるとは思っていませんでしたし、二十巻になっても、まだ終わってないとも思ってませんでした（笑）。長い…長いよ……。にもかかわらず、ここまでついてきてくださっている皆様、本当にありがとうございます。

一巻から今作まで、いろいろなことがありましたが、変わっていないことと言えば、私の部屋が片付かないままということでしょうか。あ、今回出だしに汚部屋トークがなかったから、この話にならないと思いました？

別に触れなくてもいいと思うんですけど、全国の汚部屋仲間の皆様、安心してください。まだ片付いてません（自信満々で書くなよ）、そして片付く気もしません（むしろ片付ける気がない、の間違い）。

変わらないと言えば、挿絵もずっとみずかねりょう先生が担当してくださっていて……本当にありがたいことこの上ないです。いつも素敵な挿絵の数々、本当にありがとうございます。これからもよろしくお願いします。

あ、ここまで二十巻の内容に触れてない！　十巻はアニバーサリー巻にしたのですが、今回は通常モードでお届けです。そして、やや緊迫しております。今回、琥珀《こはく》様が格好いいです。というか、黒曜《こくよう》様、玉響《たまゆら》様も格好いいです。そして、陽《はる》ちゃんは天使でした（通常営業）……そんな感じの二十巻、楽しんでいただけていたらいいなと思います。

ここまで、本当に読んでくださってありがとうございます。読んでくださる皆様のおかげで、続けることができています。

そして、こうして本になるまで携わってくださっている出版社や印刷会社、書店の皆様に心から感謝をしております。

いろいろ大変で、胸が痛くなるような情報が飛び込んでくる昨今ですが、少しでも気持ちが軽くなるようなお話を書いていけたらと思いますので、これからもよろしくお願いします。

ストーブをつけるか迷う十一月初旬　　松幸かほ

本宮・製作・配給
原作 SIRO
監督 白狐サマ
今度は神様、宇宙人になる!?
キツネか、人間か
情熱ほとばしるスペクタキュラー宇宙巨篇!
未　宙人・キツネからの突然の脅威に、集落が団結し立ち向かう!
琥珀
陽ちゃん
伽羅
龍神
集落のおばあちゃんたち
香坂涼聖
香坂千歳
※イラストと小説内容は、かなり異なります。
総天然色
創立21巻目記念
稲荷神宇宙映画
キツネ
2024年公開
著 松幸かほ 画 みずかねりょう
同時上映 九尾はつらいよ 黒曜恋の風花編

CROSS NOVELSをお買い上げいただき
ありがとうございます。
この本を読んだご意見・ご感想をお寄せください。
〒110-8625
東京都台東区東上野2-8-7　笠倉出版社
CROSS NOVELS 編集部
「松幸かほ先生」係／「みずかねりょう先生」係


CROSS NOVELS

狐の婿取り—神様、予想外の巻—

著者
松幸かほ



2023年12月23日　初版発行　検印廃止

発行者　笠倉伸夫
発行所　株式会社　笠倉出版社
〒110-8625　東京都台東区東上野2-8-7　笠倉ビル
[営業]TEL　0120-984-164
FAX　03-4355-1109
[編集]TEL　03-4355-1103
FAX　03-5846-3493
https://www.kasakura.co.jp/
振替口座　00130-9-75686
印刷　株式会社　光邦
装丁　磯部亜希
ISBN　978-4-7730-6390-5
Printed in Japan